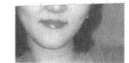 

| 서유미 | 구경미 |
| --- | --- |
| 조해진 | 김이은 |
| 김현영 | 박주영 |
|  | 김유진 |

눈

사랑해, 눈

**초 판 1쇄 인쇄**  2011년 5월 19일
**초 판 1쇄 발행**  2011년 5월 23일

**지은이**  구경미 외
**펴낸이**  정중모
**펴낸곳**  도서출판 열림원

**편집장**  김도언  |  **책임편집**  이성근  |  **디자인**  주수현 김선미  |  **홍보**  장혜원
**제작**  윤준수  |  **마케팅**  남기성 김정호  |  **관리**  박정성 김선애 김수나

**등록**  1980년 5월 19일(제406-2003-026호)
**주소**  경기도 파주시 교하읍 문발리 파주출판도시 513-15
**전화**  02-3144-3700  |  **팩스**  02-3144-0775
**홈페이지**  www.yolimwon.com  |  **이메일**  editor@yolimwon.com
**트위터**  twitter.com/Yolimwon

ISBN 978-89-7063-692-4  03810
책값은 뒤표지에 있습니다.

열림원

한없이 깊은 눈밭인데,
쑥, 알면서도 발을 빠뜨린다
나는 당신을 사랑한다

꽃이라면 모를까

눈을 기다리는 사람은 아무도 없었다

**차례**

| | | |
|---|---|---|
| 스노우맨 | 서유미 | 11 |
| 첩첩 | 구경미 | 43 |
| 하카타博多 역에는 눈이 내리고 | 조해진 | 75 |
| 첫눈과 소원과 백일몽 사이에 숨겨진 잔인한 변증법 | 김이은 | 105 |
| 눈의 물 | 김현영 | 169 |
| 소설 小說 小雪 | 박주영 | 203 |
| 눈 위의 발자국 | 김유진 | 229 |

서유미

스노우맨

# 서유미

1975년 서울에서 태어났고 2007년 『문학수첩』 작가상으로 등단했다. 펴낸 책으로 장편소설 『판타스틱 개미지옥』과 『쿨하게 한걸음』이 있다. 2007년 창비장편소설상을 수상했다.

새해 첫날이 토요일이라는 건 좋은 징조 같았다. 직장에 매인 사람들은 몇 달 전부터 이 연휴에 대한 기대감으로 들떠 있었다. 여행사들은 발 빠르게 기획 상품과 패키지여행 상품을 출시했고 그것들은 불티나게 팔려나갔다. 많은 사람들이 자동차를, 기차를, 비행기를 타고 짧거나 긴 여행을 떠났다. 도시에 남은 사람들은 각종 모임에 참석해서 송년과 신년의 분위기를 즐겼다. 과음과 과식 이후에도 숙취와 소화불량을 해소해줄 휴일이 하루 더 남아 있다는 건 근사한 일이었다.

새해의 첫날, 도시는 일찍부터 깨어 움직였다. 새해에는 늦잠 자지 않겠다고 다짐한 사람들도 많았지만, 간밤의 여흥에 젖어 아침까지 번화가와 유흥가 근처를 배회하는 사람들도 많았다. 날이 밝자 브런치 약속이 있는 사람, 가족 단위로 식사를 하고 영화를 보려는 사람들, 새해 첫날을 색다르게 시작하고 싶어 하는 사람들이 거리로 쏟아져 나왔다.

기상이변 때문에 추운 날씨가 계속되었지만 해가 기울고 가로등이 불을 밝히자 도시는 한결 따뜻해 보였다. 눈송이는 먼지나 보푸라기처럼 사뿐하게 내려앉았지만 그걸 발견한 사람들은 소란스러웠다. 누군가는 요란하게 침을, 누군가는 입버릇이 되어버린 욕을 내뱉었다. 그리고 대부분의 사람들이 눈 오는 장면을 찍기 위해 휴대폰을 꺼내 들었다. 흐지부지 내리다 만 첫눈 이후 도시에 처음 내리는 눈이었다. 거리를 걷던 사람들은 물론이고 카페나 술집 안에 앉아서 창밖을 내다보던 사람들도 와, 하며 입을 벌렸다. 새해 첫날 저녁, 고요하게 나부끼는 눈송이는 꽤 괜찮은 이벤트처럼 보였다.

남자는 다른 날보다 서둘러 출근 준비를 마쳤다. 새해 첫 출근인데다 긴 연휴 끝의 출근이라 얼굴 도장을 제대로 찍어둘 필요가 있었다. 12월부터 흘러나온 인사 발령에 대한 소문은 계속 몸집을 부풀려가고 실체도 또렷해졌다. 남자는 이번 발령에 내심 기대를 걸고 있었다. 더 이상 밀려날 데도 없었다.

빌라의 출입문 앞에 선 남자는 입을 쩍 벌렸다. 눈이 얼마나 많이 내렸는지 유리로 된 공동 현관문의 삼분의 이 지점까지 쌓여 있었다. 한눈에 봐도 남자의 허리를 넘어서는 높이였다. 눈 더미가 바리케이드처럼 버티고 있어서 문을 열 수 없었다. 온 힘을 다해 밀어붙이는데도 유리문은 꿈쩍도 하지 않았다. 몇 번 더 시도하다가 포기하고 남자는 숨을 몰아쉬었다. 혼자 힘으로는 도저히 안 될 것 같았다.

남자는 101호와 102호의 문을 번갈아가며 쳐다보았다. 왼쪽에는 칠십 대의 노파가, 오른쪽에는 유도선수 같은 인상을 한 삼십 대의 회사원이 살고 있었다. 안면은 없지만 밖에서 담배를 피우고 들어가는 모습을 몇 번 본 적이 있다. 시간을 확인한 다음 남자는 102호의 벨을 눌렀다. 세 번 네 번 눌렀는데도 안에서는 대답이 없었다. 초조하게 기다리다가 남자는 다시 유리문을 밀어봤다. 반응이 없기는 유리문 쪽도 마찬가지였다. 이런 급박한 사정과 상관없이 시간은 정확하고 고요하게 흘러갔다. 이제 그다지 여유 있다고 할 만한 상황이 아니었다.

아내라도 부르려고 휴대폰을 꺼내는데 102호의 문이 열렸다. 102호 사람은 문밖으로 고개를 빼꼼히 내밀었다. 잠이 깨지 않아 눈이 반쯤 감긴 얼굴이었다. 문틈에서 따듯하게 데워진 술 냄새가 흘러나왔다.

"주무시는데 깨워서 죄송합니다."

"……누구세요? ……무슨 일로."

"4층 사는 사람인데 지금 밖에 눈이 너무 많이 와서 공동 현관문이 열리질 않아요. 힘을 합치면, 저도 그렇고, 이따가 출근하실 때 수월할 것 같은데요."

102호 사람이 슬리퍼를 챙겨 신고 밖으로 나왔다.

"와…… 눈이 정말 많이 왔네요. 근데…… 죄송하지만 다른 분께 도움을 청하시는 게 빠를 것 같습니다. 전 이제 출근할 일이 없거든요. 31일부로 그렇게 됐습니다."

102호 사람이 하품을 하는 동안 남자는 어떻게 반응해야 할지 몰라 잠자코 있었다. 상대의 이기적인 태도가 화가 나기도 하고 잠을 깨워서 미안하기도 하고 젊은 나이에 안됐다는 생각도 들었다.

"문을 연다고 해도…… 출근하기는 힘들 것 같은데요."

102호 사람은 거리를 쓱 훑어보더니 한마디 덧붙이고 집으로 들어갔다. 그 말을 무시하고 남자는 유리문을 몇 번 더 밀어보았다. 문이 아니라 벽을 상대하는 것처럼 반응이 없었다.

현관문 너머는 지나치게 고요했다. 평일 이 시간, 빌라 앞은 출근하는 사람들로 북적거렸다. 이 길은 버스 정류장으로 가는 지름길인데다 이 지역은 인구밀도가 높은 편이었다. 그런데 지금 거리에는 아무도 없다. 비현실적인 두께의 눈 위에는 어떤 발자국도 찍혀 있지 않다. 움직임이나 소리가 사라져서 모든 게 그대로 멈춰버린 것 같았다. 바람이 불 때마다 쌓여 있던 눈만 황량하게 흩날렸다.

시무식에 늦고 부장에게 한 소리 들을까 봐 남자는 조마조마했다. 입김이 나오고 손가락이 곱을 정도로 추운데도 겨드랑이의 땀샘은 활발하게 활동했다. 남자는 친하게 지내는 회사 동료의 번호를 찾아서 눌렀다. 신호가 가는 동안 그가 다른 도시에 살고 있다는 걸 기억해내고는 낙담했다. 동료의 전화에서는, 지금은 통화 중이오니…… 라는 기계음이 흘러나왔다. 어디에 전화를 걸어야 하나. 휴대폰을 내려다보다가 남자는 스마트폰으로 바꾸지 않은 걸 후회했다. 119와 112 사이에서 민원신고센터 번호를 생각해내곤 재빠르게 눌렀다. 하지만 기억해낸 보람도 없이, 현재 모든 상담원이 통화 중이오니…… 라는 기계음만 들을 수 있었다. 남자는 휴대폰을 든 채 몸으로 계속 유리문을 들이받았다. 이게 도시 전체를 장악한 재앙인지 이 동네에만 국한된 일인지 알 수 없어 답답했다. 그가 움직임을 멈추자 주위가 다시 고요해졌다. 주머니 속에 든 휴대폰의 진동이 여진餘震처럼 느껴질 정도였다. 과장의 전화가 반가운 건 입사 이래 처음이었다.

"김 대리. 어. 나도 현관문 앞에서 발이 묶였어. 아파트라

야간 근무한 경비들이 몇 있긴 했는데 그 사람들로는 어림도 없지. 연휴가 길었잖아. 암튼 상황을 좀 지켜보자고. 일단 출근은 무리인 것 같으니까…… 무슨 조치가 있겠지. 변동 사항이 있으면 연락이 갈 거니까……"

남자는 네네, 하며 얼어붙어 있던 얼굴을 풀었다. 땀에 푹 젖은 반팔 러닝셔츠와 와이셔츠가 비로소 불쾌하게 느껴졌다.

집에 들어가자 네 살배기 딸에게 밥을 먹이고 있던 아내가 놀라서 쳐다봤다.

"당신, 뭐 놓고 갔어?"

"아니. 눈이 너무 많이 와서 출근 못할 것 같아."

아내는 숟가락을 내려놓고 창문부터 열었다. 옮긴 지 1년밖에 안 된 회사였다. 눈이 많이 왔다는 사실보다 출근 못하겠다는 말이 그녀를 더 불안하게 만드는 게 분명했다.

"회사 전체가 쉬는 거니까 걱정하지 마."

"세상에……"

창밖으로 고개를 내민 아내가 탄성인지 탄식일지 모를 소리를 내뱉었다. 남자도 옆에 서서 창밖을 내다봤다. 하룻밤 사이에 거리의 색감이 완전히 달라졌다. 폭설은 땅 위의 것을 공평하고 동등하게 덮어버렸다. 하얗게 빛나는 눈 더미 속에 건물들의 하체가 고스란히 묻혀 있었다. 누군가 눈에다 전봇대와 가로수를 듬성듬성 꽂아놓은 것 같았다. 1미터가 넘게 쌓여 있는 눈은 밟으면 뽀드득뽀드득 소리가 나는 보드라운 존재가 아니라 단단한 콘크리트 덩어리처럼 보였다. 눈이 다시 쏟아져 내리기 시작했다.

텔레비전 안은 평화로웠다. 예정돼 있던 광고가 이어졌고 녹화해둔 드라마의 타이틀이 차질 없이 올라갔다. 뉴스는 연휴 동안 있었던 사건사고 소식을 간추려 전했다. 고속도로에서 일어난 삼중 추돌 사고와 A시의 한 공장에서 일어난 화재, 그리고 이 도시에 사상 최대의 폭설이 쏟아졌다는 소식이 이어졌다. 눈이 쌓여서 도로가 마비된 화면은 확보하지 못했는지 함박눈이 쏟아지는 모습만 몇 장면 등장했다. 눈이다! 화면 속의 눈을 보고 딸애는 환호성을 지르며 팔짝팔짝 뛰었다.

"저것 봐. 뉴스에도 나오잖아. 저래서 지금 출근을 못한다니까. 눈 때문에 빌라 현관문이 안 열리면 말 다한 거지."

수긍이 간다는 듯 아내도 고개를 끄덕거렸다.

남자는 원래 연휴가 하루 더 남아 있었던 것처럼 소파에 길게 드러누웠다. 한 일이 아무것도 없는데 배가 몹시 고팠고 피곤이 밀려왔다. 아이의 밥을 다 먹인 아내가 남자를 위해 밥을 새로 안쳤다.

다음 날 남자는 일어나자마자 공동 현관문에 내려가봤다. 다행히 눈의 높이는 어제와 비슷해 보였다. 유리문도 좀 더 밖으로 밀렸다. 하지만 네다섯 살쯤 된 애가 겨우 드나들 수 있을 정도의 너비라 출근은 무리일 것 같았다. 남자는 유리문에 바짝 붙어서 밖을 내다봤다. 어둑한 거리, 불 꺼진 상점, 발자국 하나 없이 깨끗하지만 녹을 기미가 없는 완강한 눈 더미, 집 밖은 공동묘지처럼 음산했다. 남자는 손을 겨드랑이 밑에 끼고 어깨를 웅크렸다. 변동 사항이 있으면 연락이 갈 거라고 했던 과장의 말이 떠올랐다. 출근을 하는 것과 하지 않는 것 중에서 어느 쪽이 변동 사항에 해당하는지 잠시 혼동이 됐다.

추운 겨울날 가족들이 한집에 옹기종기 모여 있는 장면은 따뜻해 보이지만 실상이나 속내까지 따뜻한 건 아니다. 연휴 동안 세 사람은 집 안에서만 뱅뱅 맴돌았다. 딸아이의 감기가 심해서 나들이나 여행을 떠날 수가 없었다. 저녁 외식을 위해서 집 근처의 갈비집에 간 게 유일한 외출이었다. 연휴 내내 남자는 텔레비전을 보거나 온라인 게임을 하면서 시간을 보냈다. 그러면 아내는 청소기를 돌린다, 빨래를 넌다, 하면서 종종거리고 움직였다. 게임하는 아빠 옆에 있어봐야 재미없다는 걸 알고 있는지 딸애는 엄마 뒤만 졸졸 따라다녔다. 그게 귀엽기도 하고 아빠 노릇 좀 하고 싶어서 남자가 장난을 걸면 딸애는 입을 삐죽거리다가 "아빠 싫어" 하고는 고개를 홱 돌려버렸다. 아내가 집안일을 마치고 앉아서 쉬려고 하면 남자는 배가 고팠다. 밥때여서 그런 건데도 남자는 자신의 시장기가 불법처럼 느껴졌다.

 딸애의 감기 때문에 보일러는 하루 종일 작동 중이었다. 집 안의 온도는 필요 이상으로 높았다. 덥지 않다고 하면서도 아내의 얼굴은 붉었다. 딸아이가 다니는 어린이집은 크리스마스 전부터 방학이었다. 그때부터 아이와 지내면서 씨름해야 했던 아내는 남자의 휴일까지 길어지자 더운 한숨을 토해냈다. 밥때가 가까워지면 아내는 손으로 부채질을 했다. 한 끼는 라면으로 때우는데도 아내의 얼굴은 점점 더 붉어지고 부채질 횟수는 늘어났다. 아내가 한숨을 쉬면 남자는 슬그머니 일어나서 베란다로 나갔다.

 남자는 어쩐지 집이 자꾸 좁아지는 것 같았다. 소파에 앉아 있으면 천장이 내려오고 벽이 다가와서 결국에는 옴짝달싹도 할 수 없게 되었다. 컴퓨터가 있는 방으로 옮겨 가도 마찬가지였다. 사방이 밀폐 용기처럼 꽉 막혀 있었다. 남자와 아내, 딸애, 세 사람은 밀폐 용기 안에 담긴 김치처럼 각자의 상태와 부피에 맞게 발효되고 부글부글 끓어올랐다. 밀폐 용기는 터지기 직전까지 팽창하다가 남자가 담배를 피러 나가거나 아내가 전화로 누군가와 수다를 떨 때 한숨처럼 공기를 뱉어냈다. 그렇게 용기는 터지지 않고 아슬아슬하게 모양을 유지했다. 남자는 사무실에 있는 자신의 자리가 그리워졌다. 자신의 진짜 자리는 거실에 있는 소파나 컴퓨터 앞 의자가 아니라 그 딱딱한 철제 책상과 흡연자들끼리 모여서 시시껄렁한 농담을 주고받던 비상구 계단인 것 같았다. 찬바람이 들어온다고 아내가 잔소리를 했지만 남자는 자꾸 베란다에 나갔다.

담배를 입에 물고 불을 붙이는데 건너편 빌라의 공동 현관문 앞에 사람이 나타났다. 이틀 만에 처음 보는 외부인의 모습이었다. 검은 외투를 입은 여자는 빌라 안으로 들어가기 위해서 필사적으로 눈을 파헤쳤다. 여행에서 돌아왔는지 발치에 캐리어와 짐 가방이 놓여 있었다. 좀 더 빨리, 손이 얼고 힘이 빠지기 전에 문을 열기 위해서 여자는 안간힘을 썼다. 뚫어놓은 구멍 속에 머리를 집어넣기도 하고 허둥대다가 눈 더미에 발이 걸려 넘어지기도 했다. 여자는 이따금 주위를 둘러보며 도움을 청할 만한 사람을 찾는 것 같았지만 거리에는 아무도 없었다. 혼자라는 걸 깨달은 여자는 체념하고 다시 눈 더미와 씨름했다. 담배를 다 피운 후에도 남자는 눈을 퍼내는 여자에게서 눈을 떼지 못했다. 그 모습은 개미 한 마리가 케이크 위에서 허우적거리고 있는 것처럼 보였다.

"내 친구네 남편은 오늘 출근했다는데…… 당신도 나가봐야 되는 거 아냐?"

저녁을 먹는 동안 아내가 한 말은 그것뿐이었다. 무심한 듯 눈을 내리깔고 있지만 얼굴에는 의혹과 염려, 원망 같은 게 서려 있었다. 출근하는 게 낫겠다고 생각하고 있었으면서도 아내의 말은 야속하게 들렸다. 하지만 남아 있는 저녁 시간의 평화를 위해 남자는 잠자코 있었다.

사상 최대의 폭설로 완전히 마비되었던 도로와 거리가 경찰과 군부대, 시민들의 도움으로 조금씩 숨통을 터가고 있습니다.

헬기에 올라탄 기자가 도시의 곳곳을 비춰주었다. 무릎까지 오는 장화와 안전모를 착용한 사람들이 삽을 든 채 부지런히 눈을 퍼내고 있었다. 화면 속의 그들은 레고 병정 같았다.

빌라의 공동 현관문이 열려 있는 걸 보고 남자도 출근 준비를 마쳤다. 현관 앞에는 성인 한 사람이 눈을 퍼내면서 걸어간 흔적이 있었다. 몇 호의 누가, 어떤 방법으로 문을 열고 나갔는지 궁금했지만 알아낼 방법은 없었다.

남자는 심호흡을 한 다음 그 길을 따라 걸어갔다. 길은 얼마 가지 않아 끊어졌다. 대로변으로 나가려면 왼쪽으로 꺾어져야 하는데 눈이 파인 길은 오른쪽으로 이어져 있었다. 남자는 막

힌 길 앞에 서서 주위를 두리번거렸다. 쌓인 눈 때문에 도로와 인도도 구분하기 힘들었다. 경찰과 군부대는 어디에서 제설 작업을 하고 있다는 건지 남자가 살고 있는 변두리 지역은 여전히 눈이 점령하고 있었다. 방송에서는 도로 곳곳에 삽과 안전모를 비치해두었다고 했지만 그마저도 찾을 수 없었다. 도시는 멈춰버리고 남자와 거대한 눈 더미만 남아 있는 것 같았다. 사람들이 모두 사라져버린 건 아니겠지. 남자는 엊그제 본 재난영화를 떠올리며 침을 꿀꺽 삼켰다. 어쩔 수 없이 가죽 장갑을 낀 손으로 눈을 퍼내며 앞으로 나갔다. 며칠 동안 스스로의 무게에 눌려 있던 눈은 흙처럼 육중하고 단단했다. 가죽이 젖어서 장갑 안이 금세 축축해졌다.

눈 더미 속에서 제설함과 삽 한 자루가 나왔다. 근처를 다 팠는데도 안전모는 찾지 못했다. 시민들을 위해 준비한 거라고 하기에 삽은 너무 낡고 녹슬었다. 하지만 남자는 젖은 장갑 대신 삽을 쥐었다. 벌겋게 언 손이 욱신거렸다.

새해 첫 출근을 위해 차려입은 양복과 넥타이 때문에 남자의 행동은 굼떴다. 일할 때 그는 언제나 양복 차림이었다. 불편하다고 말하면서도 그는 양복을 즐겨 입었다. 어느새 양복은 가장 자주 입는 옷, 그에게 제일 잘 맞는 옷이 되었다. 재킷과 바지가 흉하게 구겨졌지만 남자는 양복바지를 양말 속에 쑤셔 넣거나 셔츠의 소매를 마구 걷어 올리지는 않았다. 작업이 힘들지만 이 눈을 헤치고 회사에 출근하면 얘깃거리도 생기고 남자에 대한 상사들의 인식도 바뀔 거라고 생각하며 참았다. 한 삽을 퍼내면 한 발짝 앞으로 나갈 수 있다는 점에서 지루하지만 정직한 작업이기도 했다. 세상에 혼자 남아 전설이 된 영화 속 주인공을 떠올리면서 남자는 눈을 퍼냈다.

평소 남자의 걸음으로 십 분이면 왔을 길을 한 시간이 지나서야 도착했다. 익숙하지 않은 노동에 남자는 금세 지쳤다. 집에서 회사까지는 대중교통으로 한 시간 남짓 걸리는 거리였다. 이런 속도로 언제쯤 회사에 도착할 수 있을지 가늠하기도 어려웠다. 팔을 움직이면서 흘린 땀 때문에 셔츠가, 허리까지 쌓인 눈 때문에 구두와 바지, 속옷이 다 젖었다. 남자의 삽은 점점 느려졌고 눈이 쌓인 길은 끝이 없어 보였다. 삽을 쥐었던 손바닥엔 어느새 물집이 잡혔다. 고개를 돌리자 그가 파고 온 길이 삐뚤빼뚤 꼬리처럼 이어져 있었다. 앞이 아니라 옆으로 가고 있는 것처럼 보일 정도로 지저분했다. 바람이 불 때마다 삽으로 퍼낸 눈 뭉치들이 원래의 자리로 굴러떨어졌다.

아득하게 먼 곳에서 포클레인 같은 기계음이 들려왔다. 남자는 삽질을 멈추고 주위를 둘러보았다. 하지만 여전히 아무도, 아무것도 보이지 않았다. 귀를 기울이면 그 소리는 기계음이 아니라 먼 데서 불어오는 바람 소리 같기도 했다. 그래도 남자는 그게 도로 위의 눈을 치우는 기계 소리라고 믿고 싶어졌다. 도시는 멈추지 않았고 이곳의 눈을 치우기 위해 돌진 중이다. 하루 이틀쯤 집에서 버티다보면 분명히 길이 뚫릴 것이다. 언제 눈이 내린 적이 있었냐는 듯 도로 위로 차들이 달리고 교통 체증에 시달릴 것이다. 그렇게 믿는 편이 이 눈을 헤치면서 출근하는 것보다 쉬울 것 같았다. 어차피 지금은 공장이나 거래처도 다 쉬고 있어서 출근해봐야 할 일도 없을 텐데, 이렇게까지 하면서 갈 필요가 있을까. 남자는 슬그머니 삽을 내려놓았다. 출근하고야 말겠다던 야심 찬 계획은 어느새 흐물흐물 녹아내리고 있었다.

그때 기다렸다는 듯 전화벨이 울렸다. 발신 번호를 확인한 남자가 인상을 확 구겼다.

"네. 부장님. 새해 복 많이 받으십시오. 제가 먼저 안부 전화 드렸어야 했는데 죄송합니다."

"김 대리. 내가 지금 그런 인사 받자고 전화했는지 알아? 너 지금 어디야? 우리 사업부에서 너만 출근 안 했어. 그거 알아?"

"네? ……아, 지금 가고 있는 중입니다. 눈 때문에 현관문이 안 열려서……"

"야. 너 사는 데만 눈 왔냐? 지금 세상천지가 눈이야. 이 새끼가 빠져가지고. 며칠 시간을 줬으면 미리미리 눈도 치워놓고 출근 준비를 해야 될 거 아니야. 넌 그러니까 안 되는 거야. 새끼가 눈치도 없지. 근성도 없지. 네 나이에 대리 달고 있는 거 쪽팔리지도 않냐? 새해부터는 잘해보겠다며. 이 새끼는 만날 술 마실 때만 열심히 한다 그러지. 회사가 우습냐? 먹고사는 게 우스워?"

부장은 평소처럼 퍼부어댔다. 아닙니다, 무섭습니다…… 라는 말 대신 남자의 입에서 흘러나온 건, 거의 다 왔으며 무조건 빨리 가겠다는 거짓말이었다. 삽으로 눈이 아니라 머릿속을 퍼낸 것처럼 정신이 없었다. 전화를 끊고 나서 남자는 시간을 확인했다. 부장이 제시한 데드라인까지는 두 시간 정도 남아 있었다. 허리까지 쌓여 있던 눈을 마주했을 때보다 더 막막해졌다. 남자는 양복바지를 양말 안에 쑤셔 넣고 셔츠의 소매를 아무렇게나 걷어 올렸다. 사람들이 보이지 않은 건 그들이 사라졌기 때문이 아니라 모두 지난밤에 출근을 시작했기 때문이다. 빌라의 현관문이 열려 있었던 것도 밤새 누군가가 근성을 갖고 밀어붙인 결과다. 남자는 자신의 안일함과 무능력함을 절감하며 삽을 들었다.

눈을 포근한 솜이불이나 부드러운 솜사탕에 비유하는 건 잘못된 표현이 아닐까. 언 눈 속에서 삽질을 몇 번만 해보면 누구나 그런 의문을 품게 될 것이다. 손에 난 피를 혀로 핥고 나서 남자는 발로 삽날을 눌렀다. 얼어붙은 눈은 유리 조각처럼 날카롭고 위험하다. 부딪치거나 긁히기만 해도 바로 피가 맺힌다. 군 복무 시절 무릎까지 쌓여 있던 눈을 치울 때도 지금보다는 수월했다. 그 눈은 물에 젖은 모래처럼 무겁긴 했어도 남자의 앞길을 막거나 목을 조르지는 않았다. 폭설이 이 도시가 아니라 남자의 인생에 쏟아져 내린 것 같았다. 팔다리에 힘이 빠질수록 남자는 한 마리의 두더지가 되고 싶었다.

"김 대리. 지금 어디야? ……아직 거기밖에 못 왔어? 나도 혹시나 해서 와봤더니 상황이 이렇더라고. 안 왔으면 좆 될 뻔했지. 지금 누구랑 오고 있어?"

혼자라고 하자 과장이 한숨을 크게 내쉬었다.

"이런 비상사태에 혼자서 움직이면 어떡해. 비상연락망은 폼으로 줬는지 알아? 이럴 때 쓰라고 준 거 아냐. 왜 그렇게 융통성이 없어. 사람들이 어떻게 제시간에 출근했을까 생각을 좀 해봐. 이틀 동안 개인적으로 판 다음에 가까이 사는 동료들끼리 만나서 같이 뚫고 온 거 아냐. 그게 사회생활이고 회사생활이잖아. 혼자 할 일이 있고 협력해서 해야 할 일이 있고. 그 정도는 말 안 해도 알아서 해야지. ……암튼 서둘러 오라고. 다들 기다리고 있으니까."

사업부 전체에서 출근하지 않은 사람은 남자와 제2사업부의 유 대리, 두 사람뿐이라고 했다.

"유 대리야 평소에 점수 따놓은 것도 있고 그쪽 부장이 무르니까 내일까지는 내버려둘 모양인데, 알잖아, 이쪽은. 지랄 같은 거. 거기다 넌 찍힌 몸 아니냐. 오기만 하면 갈아 마실 거라고 벼르고 있어. 부장 그 새끼 지기 싫어하는 거 모르냐? 아직도 그런 게 파악이 안 돼?"

출근은 했지만 할 일이 없는 과장은 잔소리를 길게 늘어놓았다.

"내가 누누이 말하잖아. 사회생활의 99%가 인간관계라고. 눈치도 좀 보고 고개도 좀 숙이고 비위도 맞춰가면서. 응? 더럽고 치사해도 말이야. 솔직히 우리가 회사 생활 아름다워서 하는 건 아니잖아."

땀이 마르면서 남자의 몸은 차갑게 식어갔다. 어쩔 수 없이 남자는 한 손으로는 휴대폰을 쥐고 한 손으로 어설프게 삽질을 했다. 불행 중 다행이라면 유 대리의 집이 남자의 집과 회사의 중간쯤에 있다는 점뿐이었다.

유 대리가 출근하지 않은 건 좀 의외였다. 그는 제2사업부의 유력한 과장 후보였다. 초고속이라고 할 순 없지만 만년 대리, 만년 과장이 많은 회사의 분위기를 볼 때 확실히 빠른 승진이었다. 일밖에 모르는 타입이라 인간관계가 좋은 건 아니지만 평판이 나쁜 편도 아니었다. 남자는 유 대리가 사무실에 남아 야근하는 걸 여러 번 보았다. 저녁 먹고 대충 시간 때우다가 퇴근하는 인간들하고는 질적으로 달랐다. 컴퓨터 앞에서 모니터를 들여다보고 있는 유 대리의 옆모습은 움직임이 없어서 컴퓨터 책상과 한 세트 같았다.

점심시간이 지나서 남자의 눈앞에 나타난 것은 회사의 건물이 아니라 눈을 열심히 파내고 있는 다른 삽이었다. 그건 남자의 삽보다 크고 견고해 보였다. 초록색 삽은 쉬지 않고 눈을 퍼냈다. 남자가 파놓은 길에 다다라서야 상대는 고개를 들고 숨을 몰아쉬었다. 이십 대 후반이나 삼십 대 초반으로 보이는 젊은 남자였다. 아웃도어 브랜드의 이름과 로고가 새겨진 기능성 재킷으로 무장하고 있어서 에베레스트 산에 던져놓아도 끄떡없을 것 같았다. 그가 쓴 고글 위로 햇빛이 반짝거렸다. 남자는 젖었다가 마르기를 반복한 주름진 양복이 부끄러웠지만, 눈으로 뒤덮인 허허벌판에서 누군가를 만났다는 사실이 반가워서 어색하게 눈인사를 건넸다.
"출근하는 길이신가 봐요."
젊은 남자가 땀을 닦으면서 먼저 입을 열었다.

"네. 회사에서는 빨리 안 온다고 난리가 났는데 몸이 안 따라주네요."

"저랑 비슷하시네요. 천재지변인데 출근해야 되냐고 물었다가 팀장한테 엄청 깨졌거든요. 삽자루 들고 이게 뭐하는 짓인지 모르겠습니다."

젊은 남자는 생수를 한 모금 마시고 남자는 담배를 한 대 피워 물었다. 두 사람은 상대적인 빈곤감을 느끼게 했던 황금연휴와 일기예보도 감지하지 못한 폭설에 대해 몇 마디 나눴다. 세상이 점점 더 팍팍해지고 사는 게 녹록지 않다는 게 두 사람의 생각이었다.

"월급은 그대론데 물가는 자꾸 오르지. 실질적으로 일할 수 있는 건 몇 년 안 되는데 평균수명은 길어지지, 병원비는 계속 오르지, 범죄는 늘어나지, 툭하면 이상기후에……"

랩처럼 이어지는 상대의 불평을 들으며 남자는 고개를 끄덕거렸다. 모르는 사람과 사심 없이 대화를 나누는 게 얼마만인가 생각했고 뜻밖에도 말이 잘 통한다는 것에 위안을 받았다. 이야기는 단박에 열기를 띠었다.

"맞아요. 사는 게 전쟁입니다. 위에서 누르지 밑에서 치고 올라오지 옆에서 밀지, 버티고 서 있는 것도 힘들어 죽겠는데 폭설까지 내려서 출근이 이렇게 힘들어질지 누가 알았습니까.

이래가지고 오늘 안에 출근할 수 있을지 모르겠어요."

"제가요. 이런 개고생 안 하려고 학교 다닐 때 그렇게 발버둥 치고 기를 쓰면서 대기업에 들어간 거거든요. 근데 달라진 게 별로 없는 것 같아요. 한마디로 인생에 여유라는 게 없습니다. ……그때 A그룹으로 갈걸 그랬어요. 그쪽은 오늘 출근 안 하거든요. 그런 게 진짜 대기업이죠."

대기업이라는 말에 따뜻하게 배어 있던 땀이 급격하게 식어 갔다. 남자가 부끄러워해야 할 것은 녹슨 삽이나 구겨진 양복 따위가 아니었다.

"이것도 인연인데 근처 오면 전화 주세요. 술 한잔 하죠. 말도 잘 통하고 처지도 비슷한 것 같은데."

남자는 상대가 건네는 명함을 받아 들었다. 익숙한 대기업의 로고가 선명하게 찍혀 있었다. 남자는 명함이 다 떨어졌다고 얼버무린 다음 서둘러 삽을 잡았다. 말은 잘 통하는지 모르겠지만 처지와 형편이 비슷하지 않아서 마음이 냉랭해졌다. 고글을 쓴 젊은 남자가 왼편으로 멀어져갔다. 뒷모습이 스키장에서 보드를 타는 사람 같았다. 그새 눈이 두 배쯤 단단하고 무거워진 기분이었다.

눈 속에서는 가로로 누운 음식물 쓰레기 수거함과 주차금지 입간판 같은 게 나왔다. 삽 끝에 뭔가 걸릴 때마다 남자의 입에서는 욕이 튀어나왔다. 출근길의 방해물은 눈 더미만으로도 충분했다. 전화를 몇 번 더 걸었지만 유 대리는 전화를 받지 않았다. 신호음이 지루하게 이어졌다.

여름에도 폭우 때문에 대규모의 물난리가 난 적이 있다. 도로가 물에 잠기고 지하철 일부 노선의 운행이 중단돼서 출근길은 몹시 혼잡했다. 한 시간 늦은 사람부터 점심때 출근한 사람까지 제시간에 출근 카드를 찍은 사람이 거의 없었다. 속옷까지 다 젖을 정도로 뛰었는데도 남자는 열 시에 도착했다. 회사 전체에서 출근 시간을 정확하게 지킨 사람은 유 대리뿐이라는 소문이 돌았다.

"시간 맞춰 온 게 아니라 전날 밤 회사에서 잤대. 비 오는 거 보니까 출근 못할 것 같아서 아예 퇴근을 안 했다는 거야."

박 대리가 담배를 꺼내 물었다.

"역시 유 대리네."

구 대리는 말끝에 감탄인지 야유인지 애매한 추임새를 넣었다.

"근데 말이다. 제시간에 출근하는 게 그렇게 중요한 거냐?"

남자가 투덜거리자 박 대리가 손에 든 종이컵을 우악스럽게 구겨버렸다.

"그래서 너보고 김새는 김 대리라고 하는 거야. 저쪽은 유능한 유 대리고."

그 말에 구 대리가 한숨을 내뱉듯 웃었다. 박 터지는 박 대리와 구박받는 구 대리의 말이라 남자도 그냥 웃어넘겼다.

그렇게 열성적이던 유 대리가, 출근에 목숨 거는 사람이 아직 출근을 안 했다는 게 믿어지지 않았다. 하지만 속사정이야 어떻든 남자의 입장에서는 같이 출근할 동료가 남아 있다는 게 다행스러운 일이었다. 유 대리를 만나야 출근이 수월해질 텐데. 전화를 계속 안 받는 걸 보면 유 대리도 출근하기 위해서 눈을 퍼내고 있을 가능성이 컸다. 유 대리가 회사에 먼저 도착할까 봐 남자는 마음이 급해졌다.

시내 쪽으로 나오자 눈을 퍼내면서 움직이는 사람들이 하나둘 눈에 띄었다. 유 대리가 사는 오피스텔은 남자가 있는 곳에서 그리 멀지 않았다. 지난봄에 대리들 몇이 거기 몰려가서 새벽까지 술을 마셨다. 지은 지 얼마 안 된 오피스텔은 깨끗하고 인테리어가 고급스러웠다. 이런 건 얼마냐? 실평수는 어떻게 돼? 집을 둘러보며 다들 질문을 던졌다. 이런 데서 혼자 살았으면 좋겠다. 남자는 술에 취해서 중얼거렸다. 그때도 빈 병이 늘어날 때마다 출근 걱정을 해서 유 대리는 사람들의 빈축을 샀다.

비싼 오피스텔이라 그런지 주상복합 오피스텔의 입구는 말끔하게 치워져 있었다. 남자는 출입문 앞에서 호수를 누르고 유 대리가 대답하기를 기다렸다. 하지만 뚜우, 뚜우 신호만 갈

뿐 안에서는 응답이 없었다. 집에 있을 리가 없지. 남자는 유 대리가 멀리 가지 않았기를 간절히 바랐다. 담배를 피우는 동안 유 대리의 소재를 파악하기 위해 통화 버튼을 여러 번 눌렀지만 유 대리는 전화를 받지 않았다.

  빨리 안 오고 뭐해. 과장의 문자가 도착했다. 어느새 두 시였다. 남자는 삽을 쥐고 기계적으로 움직였다. 눈을 치우는 속도가 점점 빨라졌다. 하지만 그만큼 빨리 지쳤다. 눈 속에 앉아서 쉬고 있으면 드러누워서 눈을 붙이고 싶은 마음이 간절해졌다. 그 순간에는 눈이 딱딱하고 차갑게 느껴지지 않았다. 그냥 공원에 있는 나무 벤치 같았다. 솜이불처럼 포근하게 느껴져서 그 안으로 파고들어 가고 싶어지기까지 했다. 남자는 쭈그리고 앉아서 꾸벅꾸벅 졸다가 한기를 느끼면 경기하듯 깨어났다.

  남자의 삽 끝에 걸린 건 폐지 묶음이었다. 얼어붙은 종이 뭉치는 돌덩이처럼 무거웠다. 삽으로 떠내는데 그 사이에 들어 있던 중국집 배달 스티커가 남자의 구두 위에 뚝 떨어졌다. 손바닥만 한 광고지에는 자장면과 짬뽕, 볶음밥의 사진이 인쇄되어 있었다. 하얀 눈 위에서 그 까맣고 빨간 색상은 너무나 선명했다. 남자는 자신이 아침, 점심도 거른 채 삽질을 했다는 걸 깨달았다. 머릿속에서 자장면과 짬뽕의 냄새가 천천히 피어올랐다. 그건 먼 옛날에 먹었던 것처럼 아득하고 그리운 맛이었다. 입안에 따뜻한 침이 고였다. 자장면 곱빼기 한 그릇만 먹고 나면 회사까지 갈 힘이 생길 것 같았다. 다 먹고살자고 하는 일 아닌가. 남자는 휴대폰을 꺼냈다.

배달이 될까. 밑져야 본전이라는 심정으로 번호를 눌렀다. 신호가 가는 소리가 길어지자 절대로 전화를 받을 리가 없다는 생각이 강해졌다. 그가 전화를 하는 건 자장면을 먹을 수 없다는 걸 확인하기 위해서인 것 같았다. 그래서 "여보세요"라는 굵직한 목소리를 들었을 때 남자는 당황해서 아무 말도 하지 못했다. 여보세요. 상대가 한 번 더 말한 후에야 "거기가 중국집 맞습니까?" 하고 물었다.

"네. 진성각입니다."

"혹시, 지금 배달이 됩니까?"

"주소가 어떻게 되세요?"

중국집 주인은 도시가 눈으로 덮여버렸다는 걸 모르는 것처럼 태연하게 물었다. 여기 주소가…… 남자는 주변을 둘러봤다.

"가정집이 아니라 대로변인데 가능하겠습니까? ……근처에 ○○병원하고 부동산이 있습니다."

"아, 거기요. 예. 배달됩니다. 자장 곱빼기 하나요? 네. 알겠습니다."

전화를 끊은 후에도 남자는 한동안 멍하게 서 있었다. 배 속에서 나는 꼬르륵 소리가 요란했다. 통화하면서 나눈 말들은 모두 장난이고 배고픔만 진짜인 것 같았다. 배달을 기다리는 동안 시간은 흐르지 않고 어깨 위에 차곡차곡 쌓였다. 이대로라면 무게를 견디지 못하고 어깨가 뚝 부러져버릴 것 같았다.

  남자는 주위를 두리번거렸다. 자장면이 정말 올까. 휴대폰을 꺼내서 시간도 확인했다. 차가 사라지고 상가들이 문을 닫은 도시는 고요했다. 어디에서도 자장면을 싣고 오는 오토바이 소리는 들리지 않았다. 눈 때문에 출근도 못하는데 배달이 될 리가 없지. 남자는 눈을 한 주먹 떠서 입에 쑤셔 넣었다가 도로 뱉었다. 가만히 서서 기다리고 있는 자신이 미친놈 같았다.

  그때 오른쪽 골목 끝에서 안전모를 쓴 사람이 나타났다. 그 사람은 빠른 속도로 눈을 퍼내면서 걸어왔다. 그 사람이 삽으로 퍼내는 건 언 눈이 아니라 가볍고 보드라운 밀가루인 것 같았다. 노를 젓는 것처럼 몸의 움직임이 유연하고 리듬감이 넘쳤다. 남자와의 거리는 금세 가까워졌다. 안전모 앞에는 '신속배달'이라고 써 있었다. 안전모는 남자를 보고 오른팔을 번쩍 들었다. 거짓말 같은 상황에 남자는 눈만 껌벅거렸다. 안전모에 써 있는 문구 그대로 신속하고 정확한 배달이었다.

  철가방을 내려놓고 안전모를 벗은 배달원은 뜻밖에도 머리가 희끗희끗한 중년이었다. 눈 속을 뚫고 와서 어깨와 신발이 눈투성이었다.

"먹고 그릇은 버리시면 됩니다."

"대단하시네요. 이런 날까지 배달을 하시고……"

"눈이 와도 먹고는 살아야죠."

안전모를 쓴 배달원은 그릇을 건네자마자 바쁘게 걸어갔다. 자장면 위에 쿠폰 한 장이 가지런히 놓여 있었다. 언 손 때문에 젓가락은 짝짝이로 쪼개졌다.

자장의 고소한 냄새와 일회용 용기의 따뜻함은 너무 생생해서 오히려 비현실적이었다. 젓가락을 부여잡고 자장면을 비비면서 남자는 코를 훌쩍거렸다. 엉거주춤하게 서서 자장면을 먹는 동안 남자는 세상이 자신을 상대로 몰래 카메라를 찍고 있는 게 아닌가, 의심했다. 자신처럼 보잘것없는 사람에게 관심이 있어서가 아니라 별 볼일 없는 사람이 다급한 상황에 처했을 때 보여줄 법한 우스꽝스러운 행동을 즐기기 위해서. 정말 그런 거라면 남자는 지금 자신이 그들의 기대에 충분히 부합하고 있다고 생각했다. 줄줄 흐르는 콧물을 손등으로 닦으면서 젓가락질을 했고 그릇까지 먹어치울 기세로 덤벼들었다가 젓가락을 한 짝 떨어뜨렸으니까. 그걸 찾으려고 눈 속을 파헤쳤지만 결국 찾지 못하고 남은 자장면은 젓가락 한 짝으로 긁어 먹었다. 그래도 양념까지 깨끗하게 비워서 그릇 안엔 아무엇도 남아 있지 않았다. 부끄러움이나 자괴감 같은 걸 느낄 겨를도 없었다.

회사까지는 삼분의 일만큼 더 가야 했다. 남자는 과장의 문자와 부장의 전화를 한 번씩 씹었다. 그것과는 전혀 다른 이유로 아내의 전화도 받지 않았다. 남자는 그저 파고 걸었다. 쉴 때는 허리를 펴고 좌우로 목을 돌리면서 거리를 천천히 둘러보았다. 전화는 씹었지만 누군가와 대화를 나누고 싶은 마음은 더 간절해졌다.

맞은편에는 불 꺼진 편의점이 있었다. 편의점 간판을 보자 온장고에 든 따뜻한 캔커피가 마시고 싶어졌다. 얼마 전까지 일상이었던 것들이 지금은 손이 닿지 않는 저 밑에 파묻혀 있었다. 누가 만들어놓았는지 편의점 앞에는 남자의 키만 한 눈사람이 서 있었다. 동그란 눈과 웃는 입 모양을 한 눈사람이었다. 그 웃는 얼굴 때문에 남자는 잠시 멈춰 섰다. 눈이 재앙이 되고 눈 때문에 일상이 무너진 곳에 서 있는, 웃는 얼굴의 눈사람은 김새는 농담 같았다. 남자는 자신도 모르게 그 입 모양을 흉내 내었다. 말라붙어 있던 입술이 툭 터져서 피가 찔끔 새어 나왔다.

삽 끝에 또 딱딱한 게 걸렸다. 시간은 촉박하고 마음은 급한데 발로 눌러도 삽날이 더 이상 들어가지 않았다. 남자는 1미터쯤 떨어진 곳에 다시 삽을 꽂았다. 한 삽 떠내고 나자 또 삽이 들어가지 않았다. 생활정보지함이나 자전거가 쓰러진 게 아니라 공룡이라도 묻혀 있는 것 같았다. 하는 수 없이 방향을 옆으로 틀어서 팠다. 그때 어디선가 메아리처럼 음악 소리가 들려왔다. 가느다란 목소리의 여자가 부르는 곡인데 멜로디가 익숙했다. 남자는 잠시 손을 멈추고 그 소리에 귀 기울였다. 비록 벨소리이긴 하지만 그건 그날 처음 듣는 음악이었다. 주머니 속에서 휴대폰의 진동이 울렸지만 남자는 무시해버렸다. 음악 소리는 멈추었다가 눈을 퍼내자 다시 시작되었다. 아까와 같은 멜로디였고 눈을 퍼낼수록 소리가 점점 더 커졌다. 남자는 소리를 찾아서 삽을 움직였다. 손으로 눈을 쓸어낸 후에야 소리의 진원지를 찾아낼 수 있었다. 그것은 눈 속에 파묻힌 누군가의 휴대폰이었고 공교롭게도 빳빳하게 언 양복바지 안에 들어 있었다.

  남자는 무릎을 꿇고 앉아서 삽과 손으로 눈을 파냈다. 판박이 스티커를 천천히 벗겨낼 때처럼 눈 속에서 검은색 구두와 발, 모직으로 된 양복바지가 차례대로 모습을 드러냈다. 남자는 코를 훌쩍거리면서 언 손으로 조심스럽게 눈을 파헤쳤다. 입에서는 입김이 쉴 새 없이 쏟아져 나왔다. 양복 차림의 사람은 눈의 중간쯤에 화석처럼 묻혀 있었다. 양복 재킷과 와이셔츠는 주름을 그대로 간직한 채 얼어붙어 있고 검붉은 색의 실크 넥타이는 오래전에 흘린 피처럼 굳어 있었다. 양손 다 눈을 그러쥐고 있어서 손가락은 보이지 않았다. 전체적으로 몸을 둥글게 말고 있는 모습이지만 상반신의 일부는 아직도 눈 속에 묻혀 있었다. 쌓인 눈의 두께로 봐서는 이 사람이 쓰러진 후에도 눈이 계속 내렸다는 걸 짐작할 수 있었다.

해가 빠르게 기울고 있었다. 몸은 추운데 남자의 얼굴은 땀범벅이었다. 남자는 흘러내리는 땀을 닦으며 조심스럽게 눈을 치웠다. 남자의 손이 고대 유물을 발굴하는 고고학자의 것처럼 떨렸다. 눈을 쓸어내자 어깨와 목, 안경을 쓴 얼굴이 차례로 나타났다. 맥박이 뛰는지 확인하려던 남자가 바닥에 그대로 주저앉았다. 눈 속에서 화석이 된 사람은 집에도 없고 전화도 받지 않던 유 대리였다. 이봐. 남자는 유 대리의 몸을 흔들었다. 턱에서 땀이 뚝 떨어졌다. 일어나. 휴대폰에서 다시 익숙한 멜로디의 노래가 흘러나왔다. 남자는 전화기를 쳐다보았다. 이봐! 유 대리를 부르는 남자의 목소리가 떨렸다. 유 대리의 전화기를 주워 귀에 댔지만 남자는 아무 말도 하지 못했다. 여기, 눈 속에, 유 대리가 있어요. 하지만 그 말은 입 밖으로 나오지 않고 남자의 입안에서 뭉개졌다.

해가 기울고 주위는 어둑어둑해졌다. 이대로 한 시간 정도

만 파고 가면 회사에 도착할 수 있을 것 같은데. 남자는 회사 쪽을 바라보았다. 그리고 자신이 파고 온 길을 돌아보았다. 앞으로 나아가기에도 다시 돌아가기에도 만만치 않은 거리였다. 게다가 남자는 너무 지쳐 있었다. 그는 유 대리의 옆에 쪼그리고 앉아서 숨을 골랐다. 졸음이 밀려왔지만 졸지 않으려고 눈을 부릅떴다. 눈 더미는 딱딱하거나 차갑게 느껴지지 않고 그저 공원에 있는 나무 벤치 같았다. 시야가 구겨진 종이처럼 뭉개지고 있었다.

구경미

첩첩

# 구경미

1972년 의령에서 태어났고 1999년 경향신문 신춘문예로 등단했다. 펴낸 책으로 소설집 『노는 인간』, 『게으름을 죽여라』와 장편소설 『미안해, 벤자민』, 『라오라오가 좋아』, 『키위새 날다』가 있다.

1

"눈이 보고 싶다."

그것이 아버지의 마지막 소원이었다. 아버지는 유언이 아니라 소원을 말했다. 유언을 남기는 줄 알고 잔뜩 긴장했던 우리는 허탈한 표정을 감추지 못했다. 어젯밤 엄마가 전화를 해서는 내일 다들 모이란다, 하고 아버지의 말을 전했다. 몇 분 후 이번에는 첫째 언니가 전화를 해서는 너도 빠지지 말고 와, 하고 의미심장하게 말했다. 다시 삼십 분쯤 후 셋째 언니가 전화를 해서는 몇 시에 갈 거야? 하고 조금 울먹이는 목소리로 물었다. 한 시간 후에는 둘째 언니가 전화를 걸어 말했다. 열 시까지 모이기로 했어.

우리는 아버지의 이어질 말을 기다렸다.

"눈이 보고 싶다."

아버지가 한 번 더 말했다. 아버지는 초점이 분명하지 않은 눈으로 우리를 둘러보았다.

"눈 오려면 아직 멀었어요."

첫째 언니가 말했다.

"아직 먼 게 아니라 안 올 확률이 높지. 일 년에 한 번 올까 말까 한 데잖아, 여기."

둘째 언니가 말했다. 첫째 언니가 둘째 언니에게 눈치를 주었다. 내가 뭐 틀린 말했나, 둘째 언니가 투덜거렸다. 우리는 아버지의 다음 말을 기다렸다. 아버지는 한꺼번에 긴 문장을 말하지 못했다. 가쁜 숨을 고른 뒤 아버지가 말했다.

"누가 날 데려갈 거냐?"

이로써 분명해졌다. 아버지는 유언을 하기 위해서가 아니라 원하는 바를 얻기 위해 우리를 불러 모았다. 둘째 언니는 꿇어앉았던 다리를 풀고 편한 자세로 바꿨다. 첫째 언니도 마침내 완전히 긴장을 풀었다. 남동생은 내내 시무룩한 얼굴로 앉아 있었다. 셋째 언니는 대들듯이 말했다.

"데려가요? 어디로요? 눈 보러요?"

셋째 언니는 눈에 원한을 갖고 있었다. 셋째 언니의 결혼식 날 눈이 왔다. 폭설이었다. 눈이 발목까지 차올랐다. 도로는 월동 장비도 없이 섣불리 나온 차들로 아수라장이 되었다. 원래 눈길에 익숙하지 않은 곳이었다. 그것은 대중교통 운전자들도 마찬가지였다. 버스도 택시도 다니지 않았다. 예식을 한 시간이나 늦췄지만 그래도 식장은 텅 비어 있었다. 언니는 하늘을 원망하며 대성통곡했다. 엄마가 옆에서 달랬지만 소용없었다. 결혼식을 미루자는 얘기가 나왔으나 그것은 신랑 측에서 반대했다. 결국 언니는 퉁퉁 부은 눈으로 하객 하나 없는 쓸쓸한 결혼식을 치렀다.

"이 몸으로 어디로 간다고 그러세요."

첫째 언니가 말했다. 우리는 엄마를 쳐다보았다. 마치 모든 책임이 엄마에게 있다는 듯. 엄마가 말했다.

"나도 말려봤다. 언제 내 말 듣더냐."

우리는 다시 아버지에게로 눈을 돌렸다. 아버지는 입을 꾹 다물고는 우리를 둘러보았다.

"눈이 왜 보고 싶으세요?"

첫째 언니가 물었다.

"누가 날 데려갈 거냐?"

아버지는 같은 말만 했다.

"그러다 객사하세요."

둘째 언니가 말했다. 첫째 언니와 엄마가 둘째 언니를 향해 눈을 치떴다. 다들 속으로 생각하는 말이잖아. 둘째 언니가 투덜거렸다. 둘째 언니는 진눈깨비가 흩날리는 날 형부와 이혼했다. 난 진짜 억울해. 둘째 언니가 말했었다. 최초의 발단은 김치 한 쪽이었다. 식탁에 김장김치가 올랐다. 형부가 손으로 찢어달라고 했지만 언니는 거절했다. 할 수 없이 형부가 직접 김치를 찢었다. 그중 하나를 언니가 먹었다. 그날 두 사람은 밤이 깊도록 싸웠다. 며칠 동안 서로 말을 하지 않았다. 둘뿐인 집에서 서로가 서로를 왕따시켰다. 한 달 뒤 두 사람은 강원도 태백산으로 화해 여행을 떠났다. 대설주의보가 발령된 날이었다. 문제는 하산길에서 벌어졌다. 눈길에 미끄러진 언니가 앞서 가던 형부를 밀쳤다. 아니, 밀친 꼴이 됐다. 형부는 이십여 미터를 굴러떨어졌고 팔 하나가 부러졌다. 고의가 분명해. 병문안차 집으로 찾아갔을 때 형부가 말했다. 그 사건 후 둘은 사사건건 핏대 세워 싸우다가 일 년 뒤 나란히 법정으로 들어갔다.

"난 반대야."

셋째 언니가 말했다.

"다른 방법을 한번 생각해보자."

첫째 언니가 말했다. 우리는 머리를 모았다. 눈 사진은 어때? 셋째 언니가 말했다. 사진 갖고 될 것 같았으면 우리를 불렀겠어? 첫째 언니가 타박했다. 아버지까지 갈 거 뭐 있어, 아이스박스에 담아 오면 되지. 둘째 언니가 의견을 냈다. 이제 십일월 촌데 어디서? 첫째 언니가 물었다. 설악산이나 한라산이라면 며칠 안에 내릴지도 몰라. 셋째 언니가 말했다. 누가 가고? 첫째 언니가 물었다. 난 싫어. 둘째 언니가 말했다. 형우가 가야지. 셋째 언니가 말했다. 아, 형우가 있었네. 첫째 언니가 말했다. 우리는 일제히 남동생을 쳐다보았다. 남동생은 여전히 시무룩한 얼굴로 앉아 있었다. 갈 수 있어? 첫째 언니가 물었다. 남동생은 대답하는 대신 아버지를 바라보았다. 아버지가 말했다.

"내 눈으로 직접 보고 싶다."

 우리는 일제히 한숨을 쉬었다. 둘째 언니가 자리에서 일어나 거실로 나갔다. 셋째 언니도 슬그머니 거실로 나갔다. 밥이나 먹자. 엄마가 말했다. 나머지 사람들이 우르르 일어나 거실로 나갔다. 정오도 되지 않았지만 우리는 다들 허기를 느꼈다. 엄마와 내가 식탁에 점심을 차렸다. 비빔밥 먹고 싶어. 첫째 언니가 말했다. 나도. 셋째 언니가 말했다. 첫째 언니와 셋째 언니가 둘째 언니를 쳐다보았다. 둘째 언니가 말했다. 그래 나도. 형우는? 엄마가 물었다. 남동생은 말없이 고개를 끄덕였다. 엄마가 세숫대야만 한 양푼을 꺼냈다. 제사 때나 나오는 그릇이었다. 양푼에다 밥과 반찬을 쓸어 넣고 비볐다. 참기름 많이. 셋째 언니가 말했다. 참기름과 깨소금을 듬뿍 친 다음 여섯 개의 숟가락을 꽂아 식탁에 내놓았다. 이렇게 우르르 달려들어서 먹는 거 정말 싫어. 없어 보여. 둘째 언니가 말했다. 그렇게 말한 둘째 언니가 제일 열심히 먹었다.

아무래도 아버지 소원 들어드려야겠어. 첫째 언니가 말했다. 그러다 객사라도 하면? 둘째 언니의 입에서 밥알이 튀었다. 넌 그 객사 소리 좀 안 할 수 없냐? 엄마가 나무랐다. 가까운 병원으로 모셔야지. 첫째 언니가 말했다. 강원도에서 문상객을 받기라도 하겠다는 거야? 이번에는 셋째 언니의 입에서 밥알이 튀었다. 상황이 그렇게밖에 안 된다면 그래야겠지. 첫째 언니는 의외로 담담했다. 사람들이 올 것 같아? 둘째 언니가 따지듯 물었다. 안 와도 할 수 없잖아, 어차피 오래 못 사시는데 소원이라도 들어드려야지. 첫째 언니가 한숨을 쉬며 말했다. 도대체 아버지는 왜 눈이 보고 싶다는 거야? 둘째 언니가 버럭 소리를 질렀다. 너무 뜬금없어. 셋째 언니가 중얼거렸다. 아버지 예전에 강원도에서 살았다고 하지 않았어? 둘째 언니가 물었다. 전국을 떠돌며 살았지. 엄마가 대답했다. 우리

가족은 목수인 아버지를 따라 전국을 돌아다니며 살았다. 첫째 언니가 태어난 곳은 강원도였다. 둘째 언니가 태어난 곳은 경기도였다. 셋째 언니가 태어난 곳은 전라도, 나와 남동생이 태어난 곳은 충청도, 현재 우리가 사는 곳은 경상도였다.

시간 되는 사람 같이 가자. 첫째 언니가 말했다. 난 안 돼, 당장 해야 할 일이 굴비 열두 두름이야. 둘째 언니가 재빨리 말했다. 과장도 심하다, 미형이 넌? 첫째 언니가 셋째 언니에게 물었다. 글쎄 애들 밥만 아니라면…… 왔다 갔다 하는 건 가능할 것 같은데…… 셋째 언니가 첫째 언니의 눈치를 보며 말했다. 은형이는? 이번에는 첫째 언니가 내게 물었다. 당연히 되겠지, 대학원은 일주일에 한 번 수업한다잖아. 둘째 언니가 재빨리 말했다. 나는 학점 이수를 마치고 논문 제출만 남겨놓은 상태였다. 나는 고개를 끄덕였다. 형우도 괜찮지? 모두의 눈이 남동생을 향했다. 남동생은 군대에 다녀와서 복학을 앞두고 있었다. 남동생이 말없이 고개를 끄덕였다. 이제 승합차 구하는 일만 남았네. 첫째 언니가 중얼거렸다.

무거운 분위기 속에서 점심 식사가 계속됐다. 아무도 말을 하지 않았다. 숟가락과 그릇이 부딪치는 소리와 씹는 소리만 들렸다. 무청은 조금 질겼다. 된장찌개는 조금 짰다. 그러나 입맛 까다로운 둘째 언니도 잠자코 먹기만 했다. 설거지는 내

몫이었다. 내가 그릇을 씻는 동안 엄마와 남동생은 아버지의 목욕을 도왔다. 언니들은 소파에 앉아 하품을 했다. 거실 깊숙이 햇살이 비쳐 들었다. 햇살을 베고 한숨 자고 싶은 나른한 오후였다.


2


거실에 쌓인 짐을 보고 남동생이 고개를 저었다. 지난 사흘 동안 엄마는 즉석 밥과 라면을 사 모으고 각종 밑반찬을 만들었다. 식당에 갈 때 가더라도 비상식량은 있어야 한다는 게 엄마의 생각이었다.

"언제 무슨 일이 생길지 모르니 철저히 준비해야지."

비상식량만으로도 차 트렁크가 꽉 찼다. 옷가방 세 개와 아버지가 덮을 담요는 뒷자리에 놓았다. 의사에게는 말하지 마라. 아버지가 당부했었다. 어제 엄마와 나는 아버지를 모시고 병원에 다녀왔다. 좀 어떠세요? 의사가 물었다. 약은 한 달 치로 처방해줘요. 엄마가 말했다. 의사는 한참 동안 고민하더니 엄마가 원하는 대로 처방전을 썼다. 혹시 건강에 변화가 생기거든 약만 계속 드시지 말고 병원으로 오세요. 의사가 말했다.

젊은 나이도 아닌데 얼른 결혼을 해야지, 쯧쯧. 엄마가 혀를 찼다. 의사가 옆에 선 간호사를 매서운 눈으로 쳐다보았다. 의사에게는 아버지의 긴 외출을 비밀로 했다.

꼭 여행 가는 것 같아. 첫째 언니가 들뜬 얼굴로 말했다. 첫째 언니는 약속한 시간보다 사십 분이나 늦게 도착했다. 그 사십 분 동안 아버지는 어디까지 왔나 전화해봐라, 하고 네 번이나 말했다. 셋째 언니는 이십 분 늦었다. 차 트렁크를 들여다보던 셋째 언니가 말했다. 우와, 이거 완전 소풍이네. 셋째 언니는 직접 싸 온 김밥을 반찬통 위에 놓았다. 엄마 아버지하고 어디로 가는 거 처음이야. 첫째 언니가 말했다. 난 사십 년 만에 처음이다. 엄마가 말했다. 너무 아이러니해, 첫 가족 여행이 고별 여행이라니. 남동생이 중얼거렸다. 다행히 아무도 남동생의 말을 듣지 못했다. 얼른 출발하자. 아버지가 재촉했다. 남동생이 운전석에 앉았다. 조수석에서는 셋째 언니가 앉고, 엄마와 아버지는 가운데에, 첫째 언니와 나는 맨 뒷자리에 앉았다.

화창한 날이었다. 전국 어디서도 눈이 올 거라는 예보는 없었다. 우리는 며칠 기다려보자고 했지만 아버지가 서둘렀다. 가다 죽는 한이 있어도 집에 가만히 앉아서 기다릴 수는 없다고 했다. 이 여행을 빨리 끝내기 위해서는 얼른 눈이 와야 했다. 그러나 당분간 눈 예보는 없었다. 그걸 증명이라도 하듯 창밖으로 보이는 하늘은 새파랬다. 새파란 하늘에 구름 몇 점이 한가롭게 흘러가고 있었다. 날 참 좋다. 엄마가 중얼거렸다. 아버지는 고개를 돌려 창밖을 바라보았다. 담요 밖으로 드러난 손가락이 앙상했다.

"길을 어디로 잡지? 동해로 갈까, 서해로 갈까?"

셋째 언니가 물었다. 우리는 이심전심 여행의 목적지를 강원도로 생각하고 있었다. 눈 하면 제일 먼저 떠오르는 곳이 강원도였다. 셋째 언니가 중얼거렸다. 나 어렸을 때 살던 곳도 눈 정말 많이 왔는데. 그렇게 말해놓고는 아차 싶었는지 얼른 엄마의 눈치를 살폈다. 셋째 언니가 어렸을 때 살았다는 곳은 우리 가족들 사이에서는 금기어에 속했다. 그곳에서 넷째 언니, 금형이 죽었다. 갓난아기 때 바닷가 벼랑에서 떨어졌다고 했다. 집과 가까워서 엄마가 언니들을 데리고 자주 찾던 곳이었다. 넷째 언니가 죽은 후 다른 자식들까지 잃을까 봐 겁이 난 부모님은 황급히 그곳을 떠났다. 진형, 선형, 미형. 그리고 금형, 은형. 나는 열 살 때 내게 넷째 언니가 있었다는 것을 알았다. 그리고 그 이름이 금형이었다는 것도. 그제야 왜 내 이름만 언니들과 동떨어져 있는지 의문이 풀렸다. 금형이 바로 내 짝이었던 것이다. 또한 그때 나는 깨달았다. 금형이 있어야 은형도 빛날 수 있었다. 금형 없는 은형은 아무것도 아니었다.

금형의 존재를 알고 난 뒤부터 우리 집은 내게 어금니 빠진 입속처럼 허전했다.

"동해든 서해든 강원도로만 가자."

첫째 언니가 말했다. 이 여행을 고집한 아버지는 정작 아무 말이 없었다. 내가 알아서 갈게. 남동생이 말했다. 서서히 차가 움직이기 시작했다. 그러나 채 일 분도 못 가 과속방지턱을 넘다 시동이 꺼졌다. 남동생이 겸연쩍은 얼굴로 뒤를 돌아보았다. 차가 낡았어. 남동생이 말했다. 네 운전 실력이 낡은 거겠지. 셋째 언니는 재밌는 농담이라도 된다는 듯 깔깔거리며 웃었다. 허리 안 아파요? 엄마가 아버지에게 물었다. 아버지는 조용히 고개만 저었다.

마침내 아파트를 벗어났다. 낡은 승합차는 시원하게 뚫린 도로를 달리기 시작했다. 음악 좀 틀어봐. 첫째 언니가 주문했다. 셋째 언니는 라디오를 틀고 주파수를 맞췄다. 갑자기 트로트 음악이 터져 나왔다. 셋째 언니가 음악에 맞춰 몸을 흔들었다. 첫째 언니는 노래를 따라 불렀다. 차 안이 온통 들썩거렸다. 정신 사나워. 남동생이 셋째 언니를 향해 큰 소리로 말했다. 셋째 언니는 대답하지 않았다. 운전에 방해돼. 남동생이 다시 셋째 언니를 향해 큰 소리로 말했다. 남들은 잘만 운전하더라. 셋째 언니가 마지못해 대꾸했다. 라디오 꺼라. 엄마가 말했다. 왜 엄마? 셋째 언니가 물었다.

"운전에 방해된다잖아."

"괜히 심술부리는 거라고."

"심술이든 아니든 운전하는 사람 심사 건드려서 좋을 게 뭐 있냐. 네 아버지 일찌감치 황천길 보내고 싶으면 계속 틀어놓든가."

셋째 언니가 입을 삐죽거리며 라디오를 껐다. 차 안은 갑자기 찾아온 정적으로 무겁게 가라앉았다. 휴게소 나오면 차 세워, 내가 운전할 거야. 셋째 언니가 말했다. 선형이하고 형우는 좀 시니컬한 게 있지, 그치? 첫째 언니가 말했다. 아버지 닮아서 그럴 거야, 생긴 것도 딱 아버지잖아. 셋째 언니가 말했다. 우울해 누나. 남동생이 말했었다. 한 달 전인지 두 달 전인지는 기억나지 않았다. 온 가족이 모였다가 모두 돌아간 밤이었다. 나는 하룻밤 더 자고 간다며 집에 남았다. 늦은 밤 남동생이 내가 있는 방으로 건너왔다. 한참 머뭇거리던 남동생이 말했다. 나가서 사는 누나들이 부러워. 나도 나가고 싶은데…… 나까지 나갈 순 없잖아. 병든 부모하고 사는 거 아무나 못할 짓인 것 같아. 아버지는 아파서 끙끙거리고 엄마는 아버지 간호하느라 힘들어서 끙끙거리고. 하루 종일 집 안에서 들리는 소리라곤 그것밖에 없어.

이 서방은 잘 있니? 엄마가 셋째 언니에게 물었다. 만날 늦지 뭐, 술 아니면 야근, 야근 아니면 술. 셋째 언니가 퉁명스럽게 대답했다. 애들은? 잘 있어. 은형이 넌 애인 없니? 이번에는 첫째 언니가 내게 물었다. 나는 말없이 고개만 저었다. 있다는 거야, 없다는 거야? 셋째 언니가 돌아보며 물었다. 나는 가만히 있었다. 없대. 첫째 언니가 대신 대답했다. 너 어디 문제 있는 거 아냐? 다시 셋째 언니가 물었다. 문제는 무슨. 엄마가 대신 대답했다. 안 그럼 왜 아직까지 애인 하나 없어? 셋째 언니가 말했다. 늦되느라 그런 거지, 어릴 때부터 그랬어. 엄마가 대신 설명했다. 그때 자는 줄 알았던 아버지가 한마디 했다.

"말 더듬는 거 부끄러운 일 아니다."

모두들 입을 다물었다. 어색한 침묵이 늦가을 서리처럼 차 안에 내려앉았다. 나는 얼굴을 붉혔다. 첫째 언니가 미안해하는 얼굴로 나를 보았다. 셋째 언니가 뒤를 돌아보고는 눈을 찡긋하더니 손뼉을 짝 치며 말했다. 우리 김밥 먹읍시다! 때마침 국도변에 조그만 구멍가게 하나가 나타났다. 남동생은 구멍가게 앞 자갈마당에 차를 세웠다. 우리는 구멍가게 안으로 들어갔다. 난 바깥이 좋은데. 셋째 언니가 말했다. 햇볕이 따뜻했다. 트렁크에 돗자리도 있었다. 네 아버지 감기 걸린다. 엄마의 그 한마디로 모든 상황이 정리됐다.

구멍가게 안에는 다행히 탁자와 의자가 있었다. 셋째 언니가 싸 온 김밥을 탁자 위에 펼쳤다. 엄마의 반찬통도 들려 나왔다. 컵라면과 어묵과 물은 가게에서 샀다. 계산을 마친 가게 주인이 벗어놓았던 고무장갑을 꼈다. 고무장갑에는 벌겋게 양념이 묻어 있었다. 김장을 하는 중이라고 했다. 벌써 김장해요? 엄마가 물었다. 김치 떨어진 김에 그냥 하려고요. 가게 주인이 대답하며 부엌으로 들어갔다. 우리도 김장해야 하는데…… 가게 밖 어딘가를 응시하며 엄마가 중얼거렸다.

 포항 구룡포에 도착한 것은 오후 네 시 무렵이었다. 천천히 달렸어도 역시 아버지에게 차를 탄다는 것은 무리였다. 아버지는 축 늘어진 채 꼼짝하지 못했다. 엄마가 떠 넣어주는 물만 간간이 받아 마셨다. 오늘은 여기서 묵자. 엄마가 말했다. 눈이 오지 않는 이상 우리는 바쁠 이유가 없었다. 해안가를 따라 천천히 차를 몰며 잠잘 곳을 찾았다. 제일 먼저 펜션을 발견한 사람은 셋째 언니였다. 바닷가에 유럽풍 건물 하나가 외따로 우뚝 솟아 있었다. 나 저기서 한번 자보고 싶어. 셋째 언니가 말했다. 우리는 펜션에 짐을 풀었다. 비수기에다 평일이었다. 방들이 텅텅 비어 있었다. 펜션 주인이 맛이나 보라며 반건조 오징어와 과메기를 가져왔다.

 방 거실 할 것 없이 어디서도 바다가 잘 보였다. 붉은 혀 같은 해가 어느새 바다 위로 떨어지고 있었다. 남동생은 거실에 붙은 발코니로 나가 홍조 띤 바다를 바라보고 있었다. 하루 종일 바다 끼고 달렸으면서 지겹지도 않냐? 거실 창 안쪽에서 셋째 언니가 말했다. 시간이 지날수록 기온이 뚝뚝 떨어지고 있었다. 일교차가 십 도 가까이 났다. 감기 걸리기 전에 얼른 들어와. 셋째 언니가 말했다.

 펜션 1층에서 저녁을 먹고 방으로 돌아왔다. 첫째 언니는 이십 분째 형부와 통화 중이었다. 식당에서 시작한 통화가 방으로 돌아와서까지 이어졌다. 형부와 통화가 끝나자 이번에는 두 아들과 차례로 통화를 했다. 큰아들은 고등학생, 작은아들은 중학생이었다. 첫째 언니가 말했다. 아들! 잘하고 있지? 엄마 보고 싶어도 며칠만 참아, 응? 옆에서 듣고 있던 셋째 언니가 우웩, 구역질을 했다. 셋째 언니도 아들만 둘이었다.

 꾸덕꾸덕한 오징어를 불에 구웠다. 과메기도 불에 구웠다. 내가 안주를 준비하는 사이 남동생은 맥주를 사 왔다. 다시마랑 초고추장 얻어 왔는데 벌써 구웠어? 남동생이 물었다. 귀신같은 녀석이었다. 냄새만 맡고도 알았다. 아쉬워하는 남동생 앞에 불에 잘 구운 과메기를 내놓았다. 남동생이 한숨을 쉬었다.

"나도 한잔 다오."

 아버지가 말했다. 우리는 엄마를 쳐다보았다. 괜찮아, 드려.

엄마가 말했다. 아버지는 벽에 베개를 대고 기대앉아 있었다. 나는 잔에 맥주를 따라 아버지 앞에 놓았다. 아버지는 떨리는 손으로 잔을 들어 맥주를 마셨다. 평생 마신 술 이제 와서 참아봐야…… 엄마가 중얼거렸다. 나 서운한 거 있었어. 첫째 언니가 말했다. 첫째 언니는 맥주 석 잔에 얼굴이 벌겋게 달아올라 있었다. 나는 오징어를 마저 찢고 과메기를 가위로 잘랐다.

"나 결혼할 때 돈 때문에 엄마하고 아버지 싸웠잖아. 아버지가 엄마한테 돈다발 막 던지고. 나는 나 때문에 두 분이 싸우는 게 너무 미안했어. 그런데 선형이 결혼할 땐 안 그러더라고. 나 땐 돈 오백 가지고도 싸우더니 선형이 땐 몇 천만 원도 척척 잘도 쓰고. 싸움 한 번 없이. 선형이가 적다고 투덜거리니까 엄마가 오히려 미안해했어."

아버지가 기침을 했다. 나는 아버지의 빈 잔에 맥주를 따랐다. 엄마가 말했다.

"너 땐 집이 어려웠어."

"선형이 결혼한 게 고작 이 년 뒤야."

"그래도 그랬어. 게다가 선형이는 욕심도 많았고. 너는 오백만 해줘도 고마워했는데 선형이는 울고불고 난리도 아니었어. 네 아버지가 빚을 내서라도 해주자고 하더라. 집안 시끄럽다고."

"거봐. 차별했잖아."

"동생한테 양보했다고 생각해."

"난 첫째가 너무 싫었어. 의무만 있고 권리는 없었어."

"마셔라."

아버지가 말했다. 우리는 첫째 언니의 잔에 건배를 했다. 첫째 언니가 핏, 김빠지는 소리를 내며 웃더니 맥주를 마셨다.

"언니는 술도 잘 마시네. 역시 첫째는 뭐가 달라도 달라."

셋째 언니가 첫째 언니를 추켜세웠다. 첫째 언니는 다시 핏, 김빠지는 소리를 냈다. 미안하다. 엄마가 나지막하게 말했다. 이제 됐어, 말하고 나니까 다 풀렸어. 첫째 언니가 말했다. 남동생이 텔레비전을 켰다. 뉴스를 할 시간이었다. 우리는 조용히 맥주를 마셨다. 낮 동안 전국적으로 다섯 건의 산불 사건이 있었다. 건조한 날씨 때문이었다. 교통사고는 아홉 건이었다. 햇빛 때문에 앞이 잘 안 보였어요. 교통사고를 낸 운전자가 말했다. 우리는 조용히 맥주를 마셨다. 정치권은 전혀 조용하지 않았다. 경제계도 마찬가지였다. 일기예보 시간이 되었다. 전국에 걸쳐 해가 떠 있었다. 아, 또! 셋째 언니가 탄식했다. 일기예보가 꼭 맞으라는 법도 없잖아. 첫째 언니가 말했다. 그렇게 말한 첫째 언니도 실망한 기색이 역력했다. 정작 아버지는 표정에 변화가 없었다. 재촉할 때를 생각한다면 가장 실망이 클 사람이 아버지였다. 그러나 아버지는 아무렇지도 않은 얼굴로 물끄러미 텔레비전을 보았다.

"둘째는 왜 안 오냐?"

아버지가 물었다. 좀 늦게 출발한대요. 첫째 언니가 대답했다. 당장 해야 할 일이 굴비 열두 두름이라는 둘째 언니를 억지로 부른 사람은 아버지였다. 늦게라도 좋으니 와라, 하고 아버지는 말했다. 다들 바쁜 사람들인데 하루만이라도 와서 교대해줘라, 하고 말한 사람도 아버지였다. 다른 사람들에겐 폐 끼치기 싫으니 사위고 손자고 아무도 부르지 마라, 하고 말한 사람 역시 아버지였다. 사위와 손자는 오고 싶어도 오지 못했다. 우리는 월요일에 출발했다. 아버지가 월요일을 고집했다. 다른 사람들에게 폐를 끼치지 않기 위해서였다.

밤늦게 둘째 언니가 왔다. 거실로 들어서며 둘째 언니가 말했다. 뭐야? 고작 이거 왔어? 나는 거실에다 이부자리 하나를 더 폈다. 작은방은 남동생이 차지했다. 둘째 언니가 거실을 둘러보며 투덜거렸다.

"도대체 뭐하러 일찍 출발한 거야? 집에 편안히 있다가 눈 온다는 소식 들리면 그때 한걸음에 달려와도 되잖아? 꼭 일하는 사람을 이렇게 불러야겠냐고. 기다리지도 않고 다들 잘 거면서 난 왜 부른 거야?"

둘째 언니가 가방을 내려놓았다. 얼른 씻고 와서 누워. 첫째 언니가 말했다. 우리 안 자. 셋째 언니도 말했다.

　십여 분 뒤 자매 넷이 나란히 거실에 누웠다. 파도 소리가 들렸다. 파도 소리 좀 들어봐, 너무 멋져, 하고 말했던 첫째 언니가 제일 먼저 잠들었다. 난 오늘 잠들기 싫어, 하고 말했던 셋째 언니는 두 번째로 잠들었다. 오자마자 자라고? 내가 잠충이야? 했던 둘째 언니는 세 번째로 잠들었다. 자리에 누운 지 이십 분 만이었다. 나는 잠들지 못했다. 나지막하게 남동생이 코 고는 소리가 들렸다. 아버지의 기침 소리가 들렸다. 엄마가 소곤소곤 말하는 소리가 들렸다. 말 더듬는 거 부끄러운 일 아니다. 아버지의 목소리가 들렸다.


3


　단풍 참 곱다. 엄마가 중얼거렸다. 아까부터 산 하나가 도로에 바짝 붙어 우리를 따라오고 있었다. 그 커다란 품으로 우리를 감싸 안았다가 놓아주고 놓아주었다가 또 감싸 안았다. 그러면서 우리를 향해 손을 내밀기도 하고 단풍이나 낙엽을 떨어뜨리기도 했다. 차는 헉헉거리는데 그 안에 탄 사람들은 황홀한 표정을 감추지 못했다. 둘째 언니에게 조수석을 뺏기고

맨 뒷자리로 좌천된 셋째 언니도 부은 볼을 풀고 우와, 연방 감탄사를 발했다.

 울진군 평해를 지날 무렵이었다. 엄마 고향 이 근처 아냐? 첫째 언니가 물었다. 아니긴. 엄마가 대답했다. 우리 외갓집으로 가자. 셋째 언니가 말했다. 첫째 언니와 둘째 언니도 좋다고 했다. 난 어릴 때 몇 번 가보고 한 번도 못 가봤어. 첫째 언니가 말했다. 나도. 둘째 언니가 맞장구쳤다. 그래도 나보단 낫네 뭐, 난 한 번도 못 가봤는데. 셋째 언니가 섭섭한 얼굴로 말했다. 그것은 나도 마찬가지였다. 남동생이 다섯 살 때였다. 엄마와 아버지가 남동생의 손을 잡고 집을 나섰다. 외갓집에 간다고 했다. 나도 데려가달라고 떼를 썼다. 넌 집에 있어라. 엄마가 말했다.

"아무도 없어."

한참 후에 엄마가 말했다.

"왜? 외삼촌 계시잖아."

첫째 언니가 말했다.

"작년에 돌아가셨다."

"정말? 정말 돌아가셨어? 그런데 왜 우리한테 말 안 했어?"

"나도 못 갔는데 너희들한테 말은 무슨."

"엄마는 왜?"

"네 아버지 쓰러진 며칠 뒤였거든."

"그럼 더 우리라도 보내야지. 엄만 그게 문제야. 엄마 집안일은 왜 만날 꽁꽁 숨겨? 엄마가 죄인이야? 우리는 엄마 자식이기도 해. 아버지는 몰랐어요?"

차 안에 긴장감이 감돌았다. 우리는 숨도 크게 쉬지 못했다. 헉헉거리던 차조차도 조용해졌다. 내내 우리를 따라오던 산이 저만치 물러났다. 시야가 탁 트이면서 다시 바다가 나타났다.

"몰랐다."

한참 만에 아버지가 대답했다.

"미안하다."

또 한참 만에 아버지가 말했다. 우리한테 한 말인지 엄마한테 한 말인지는 알 수 없었다. 아버지도 더는 말하지 않았고 우리도 묻지 않았다.

점심을 먹기 위해 망양 해수욕장으로 들어갔다. 문을 연 가게는 하나도 없었다. 인적 끊긴 해수욕장에 바다만 넘실대고 있었다. 우리는 즉석 밥과 라면, 반찬통을 꺼냈다. 엠티 온 것 같아! 셋째 언니가 탄성을 올렸다. 바다 한번 죽이네! 둘째 언니도 탄성을 올렸다. 눈 여행이 아니라 바다 여행으로 주제를 바꿔야 해. 남동생이 중얼거렸다. 바다에 발이라도 한번 담가 보자. 셋째 언니가 말했다. 셋째 언니와 둘째 언니가 첫째 언니를 끌고 백사장을 가로질러 바다로 갔다. 누나도 가야지. 남동생은 나를 끌었다.

    엄마가 점심을 준비하는 사이 우리는 무릎까지 바지를 걷고 바다로 들어갔다. 하지만 물이 차가워서 오래 있지는 못했다. 둘째 언니와 셋째 언니는 파도와 달리기 시합을 했다. 첫째 언니는 백사장에 앉아 바다 너머 어딘가를 응시했다. 남동생은 웃옷을 벗고 바다에 들어가 수영을 했다. 나는 백사장에서 특이하게 생긴 조개를 주웠다. 엄마가 우리를 불렀다. 걸어도 될 것을 우리는 달려갔다. 이렇게 달려보는 거 진짜 오랜만이야. 둘째 언니가 말했다. 그것은 우리 모두 마찬가지였다. 또 언제 이렇게 달려볼지 알 수 없었다. 그래서 우리는 더 열심히 백사장을 달렸다.

    점심을 먹고 다시 출발했다. 여전히 급할 일은 없었지만 차가운 날씨 때문에 바깥에 오래 머물 수 없었다. 아버지가 감기에라도 걸리면 큰일이었다. 이제는 한낮에만 잠깐 눈부신 햇살을 볼 수 있었다. 경상도와 멀어질수록 온기도 인색해졌다. 구름이 우리를 따라왔다. 오후가 깊어갈수록 날이 스산해졌다. 이런 날은 뜨뜻한 물에 목까지 잠그고 앉아 있는 게 최곤데. 셋째 언니가 말했다. 온천 후에 마시는 따뜻한 청주 한잔이 그립다. 둘째 언니가 말했다.

우리는 삼척에서 멈췄다. 콘도에 방을 잡고 가까운 온천으로 갔다. 남이 입던 수영복 싫은데. 둘째 언니가 투덜거렸지만 별수 없었다. 실내에만 머물기에는 노천탕이 너무 멋졌다. 노천탕에서 바라보는 강원도의 산세가 기가 막히게 아름다웠다. 다들 뜨뜻한 물에 목까지 잠그고 앉았다. 아버지의 얼굴이 평온해 보였다. 아까는 미안했어, 엄마. 첫째 언니가 엄마 옆으로 가더니 말했다. 둘째 언니와 셋째 언니가 첫째 언니에게 물을 끼얹었다. 너희들 정말 이럴래! 첫째 언니가 소리쳤지만 둘째 언니와 셋째 언니는 개의치 않았다. 실컷 물을 끼얹은 뒤에 두 언니들은 온천물을 휘저으며 도망 다녔다.

온천을 끝낸 뒤에는 식당으로 자리를 옮겨 청주를 마셨다. 청주는 따뜻했고 우리의 몸은 노곤하게 풀어졌다. 콘도로 돌아갈 때는 남동생이 아버지를 업었다. 언니들은 서로 엄마의 팔짱을 끼기 위해 싸웠다. 막내한테 양보해라. 엄마가 말했다. 엄마의 팔은 셋째 언니와 내 차지가 되었다. 쳇, 치사해서 정말. 둘째 언니는 첫째 언니의 팔짱을 꼈다. 징그러워. 첫째 언니는 둘째 언니의 팔짱을 풀고 내 팔짱을 꼈다. 더럽다, 더러워. 둘째 언니는 셋째 언니의 팔짱을 꼈다. 우리는 그렇게 한 덩어리가 되어 어두운 밤길을 걸었다.

아침부터 날이 흐렸다. 세 언니들과 나란히 거실 창에 붙어

서서 하늘을 올려다보았다. 오늘은 올 것 같지? 일기예보에서는 눈 얘기 없었잖아. 그거 안 맞는 적도 많아. 그런데 아버지는 정말 괜찮으신가? 벌써 사흘째잖아. 그러게 걱정이다. 얼른 눈이 와야 할 텐데. 도대체 아버지는 왜 눈에 집착하는 거야? 무슨 사연 있는 거 아냐? 그럴지도 모르지. 물어봤어? 물어만 보고 답은 못 들었어. 아무튼 고집불통이라니까. 오늘은 설악산으로 가보자. 바다보다야 그래도 산이 더 확률이 높겠지. 몇 시간쯤 걸리려나. 아무리 천천히 달려도 세 시간이면 충분해. 이제 내륙으로 가자. 하도 봤더니 바다 지겹다. 정선 찍고 평창 거쳐서 인제로 가면 되겠네. 저녁쯤이면 설악산에 도착하겠다.

어깨가 빠질 것 같아. 방에서 나오며 남동생이 말했다. 남동생은 오른쪽과 왼쪽 어깨를 번갈아 주물렀다. 네가 고생이 많다. 첫째 언니가 남동생을 위로했다. 나는 남동생의 어깨를 주물러주었다. 아침 먹자. 엄마가 불렀다.

둘째 언니가 운전대를 잡았다. 조수석은 셋째 언니가 차지했다. 우리 자리로 밀려난 남동생 때문에 첫째 언니와 나는 숨도 못 쉴 지경이었다. 엄마는 애들 교육을 어떻게 시킨 거야? 첫째 언니가 엄마에게 화풀이했다. 교육은 학교가 시켰지 내가 시켰냐. 엄마는 잘못을 학교로 돌렸다. 가정교육이 잘못됐어. 이번에는 남동생이 투덜거렸다. 불편한 것은 남동생도 마찬가지였다. 누나들 사이에 끼어 앉아 앞좌석 손잡이를 움켜잡고 있었다. 똑같이 가정교육 시켰는데 쟤들 둘만 저런 걸 보면 씨에 문제가 있었던 게지. 엄마는 고소하다는 얼굴로 아버지에게 책임을 떠넘겼다. 벌받았나 보다, 그때 어떤 절 보수공사 중이었는데 속으로 스님들 욕했거든. 아버지는 부처에게 책임을 돌렸다. 치사해서 못 들어주겠네 정말. 둘째 언니가 투덜거렸다. 그러게, 다들 한통속이야. 셋째 언니가 맞장구쳤다. 내 차 포항에 두고 한 차로 움직이자고 고집한 사람이 누군데. 둘째 언니가 말했다. 아버지지. 셋째 언니가 대답했다. 딩동댕. 둘째 언니가 경쾌하게 소리쳤다. 첫째 언니가 헛웃음을 지으며 말했다. 잘들 논다.

"힘을 빼고 그냥 차의 흔들림에 몸을 맡겨. 너한테 부딪힌다고 우리가 죽겠냐."

첫째 언니가 남동생에게 말했다. 남동생이 몸의 힘을 뺐다. 손잡이도 놓았다. 차가 흔들리거나 커브를 돌 때마다 우리는 한 덩어리가 되어 첫째 언니 쪽으로, 혹은 내 쪽으로 우르르 쓰러졌다.

평창에서 점심을 먹고 인제를 향해 달렸다. 북쪽으로 올라

갈수록 구름이 짙어졌다. 점심 무렵 구름 뒤로 숨은 해는 다시 나타나지 않았다. 오늘이라면 눈이 올 것도 같았다. 그 가능성만으로도 마음이 들떴다. 우리는 모두 한마음으로 눈을 기다렸다. 처음엔 아버지 때문이었지만 시간이 흐를수록 이유가 모호해졌다. 왜 기다리는지도 모르면서 우리는 간절하게 눈을 기다렸다. 어쩌면 정말 눈이 보고 싶은 건지도 몰랐다. 우리도 모르는 사이 아버지에게 전염된 건지도.

"아버지가 지은 건물 중에 가장 기억에 남는 게 뭐예요?"

첫째 언니가 물었다.

"우리 집."

한참 만에 아버지가 대답했다.

"지금 우리 사는 집 말고 네 아버지가 부모님께 지어드린 집 있다."

엄마가 부연 설명했다. 엄마의 말이 이어졌다.

"경기도 여준데 부모님 돌아가시고 형님이 그 집에서 쭉 사시다가 그 양반도 돌아가시고 나니까 자식들이 집 팔고 아파트로 이사 갔지. 꽤 정성 들여 지은 집이었는데. 애들은 그저 편한 것만 찾으니."

우리 집은 왜 아버지가 안 지었어요? 셋째 언니가 물었다. 남의 집 짓느라 바빴지 뭐. 엄마가 대신 대답했다. 조금 있다가 또 엄마가 말했다. 집에선 못질 한번 안 했다 네 아버지. 내가 다 했지. 엄마의 고자질이 계속됐다. 형광등도 내가 갈고 화장실 하수구가 막혀도 내가 뚫고 하다못해 방충망 설치도 내가 했다. 아버지는 뭐하고? 둘째 언니가 물었다. 집에나 있었냐, 전국을 떠돌면서 사는 사람인데. 아버지가 헛기침을 했다. 네 엄마 솜씨가 나보다 좋은데 뭘. 아버지가 변명하듯 말했다. 하도 하다보니 기술자 다 됐지. 슬며시 웃으며 엄마가 말했다. 우리 집 하수구 막히면 이제 엄마 불러야겠네. 셋째 언니의 농담에 모두들 미소를 지었다.

 이거 봐, 눈이야! 둘째 언니가 차 앞 유리를 가리키며 소리쳤다. 우리는 고개를 빼고 앞쪽을 보았다. 정말 차 앞 유리에 꽃봉오리 같은 눈이 내려앉고 있었다. 아버지 눈이에요! 셋째 언니가 아버지를 돌아보며 소리쳤다. 아버지는 말없이 차창 밖을 바라보고 있었다. 이건 기적이야. 첫째 언니가 말했다. 거봐, 일기예보 안 맞을 때도 많다니까. 둘째 언니가 의기양양해서는 말했다. 우와, 정말 눈이 올 줄이야! 셋째 언니는 차창을 내리고 손으로 눈을 받았다. 네 아버지가 복이 있구나. 엄마가 조용히 말했다.

 차창 밖으로 설악산이 보일 무렵부터 기적처럼 눈이 내리기 시작했다. 그것도 싸락눈이나 진눈깨비가 아니라 십 원짜리 동전만 한 눈송이였다. 하나둘 떨어지던 눈송이는 단 몇 분 만에 함박눈으로 변했다. 우리는 창에서 눈을 떼지 못했다. 자, 어서들 소원 빌어. 첫째 언니가 말했다. 첫눈 올 때 소원 빌면 이뤄지는 거야? 셋째 언니가 물었다. 그렇다고 믿자. 첫째 언니가 대답했다. 정말 소원을 비는지는 알 수 없었지만 한동안 차 안이 조용했다.

"이제 소원 푸셨어요?"

첫째 언니가 아버지에게 물었다. 아버지는 얼른 대답하지 못했다. 뭐예요, 그렇게 눈 타령하더니. 둘째 언니가 말했다.

"쓰러지고 나서 가만히 생각해보니 한 번도 가족들과 여행을 간 적이 없더라. 그게 가장 후회됐다."

아버지가 말했다. 우리는 아무도 대꾸하지 못했다.

"늦게나마 다 같이 여행을 할 수 있어서 정말 좋구나. 그동안 눈이 안 와서 다행이었다. 그런데 눈 오는 것도 뭐 나쁘지는 않네."

아버지가 말했다. 분위기가 침울하게 가라앉았다. 아버지의 건강을 생각한다면 이런 여행은 해서는 안 되는 것이었다. 가족 여행을 위해 아버지는 목숨을 걸고 길을 나섰다. 첫째 언니가 아버지의 어깨를 살며시 잡았다. 그때 둘째 언니가 따지듯 말했다.

"가뜩이나 좁고 구불구불한 길, 눈 때문에 운전만 더 힘들어졌는데 나쁘지는 않다고요?"

"맞아, 아버지 정말 너무했어. 처음부터 가족 여행 가자고 했으면 좋았잖아. 그동안 우리가 얼마나 애태웠는데."

셋째 언니가 말했다.

"가족 여행이라고 했으면 우리가 반대했겠지."

첫째 언니가 말했다.

"눈 더 쌓이기 전에 남의 집 헛간이든 마구간이든 얼른 들어가야 해. 눈길에서 운전해본 적 없단 말이야."

둘째 언니가 말했다. 순간 모두의 얼굴에서 핏기가 가셨다. 눈에 취해서 깜빡 잊고 있었다. 셋째 언니의 결혼식 날 목도했던 도로 위의 그 아수라장. 강원도의 이름 없는 고갯길에서 비명횡사하지 않기 위해서는 한시라도 빨리 어딘가에 도착해야 했다. 설상가상으로 날까지 빠르게 저물고 있었다.

"너희들한테 이 여행이 즐거운 추억으로 남았으면 좋겠다."

아버지가 말했다. 지금 그런 말할 때가 아니에요. 둘째 언니가 말했다. 갑자기 셋째 언니가 깔깔거리며 웃기 시작했다. 첫째 언니도 빙그레 미소 지었다. 넌 왜 웃어? 둘째 언니가 셋째 언니에게 물었다. 그냥. 셋째 언니가 대답했다. 언니는 왜 웃어? 둘째 언니가 룸미러로 첫째 언니를 보며 물었다. 나도 그냥. 첫째 언니가 대답했다.

도로는 점점 눈으로 뒤덮이고 있었다. 낙엽 다 떨어낸 나무도 눈사람으로 변해갔다. 우리가 탄 차도 금방 커다란 눈송이로 변했다. 사방이 온통 눈이었다. 내려 쌓인 눈 위에 다시 눈이 내리고 또 눈이 내렸다.

조해진

하카타博多 역에는 눈이 내리고

## 조해진

1976년 서울에서 태어났고 2004년 『문예중앙』 신인상으로 등단했다. 펴낸 책으로 소설집 『천사들의 도시』와 장편소설 『한없이 멋진 꿈에』, 『로기완을 만났다』가 있다.

이십 년 만의 폭설이라 했다. 높은 빌딩 위 멀티비전으로는 폭설을 맞은 규슈의 곳곳 상황이 실시간으로 전달되고 있었다. 도로에 엉킨 차들과 갓길에 수북이 쌓인 눈 더미, 거대한 제설차와 야광봉을 휘두르며 수신호를 주고받는 사내들, 그리고 우산을 받치며 종종걸음을 치고 있는 행인들…… 내가 지금 서 있는 곳도 규슈인데 멀티비전을 통해 본 규슈는 긴급조치가 내려진 도시처럼, 혹은 불시착한 비행기로 아수라장이 되어버린 비행장처럼 더더욱 긴박해 보인다. 나는 불가해한 시선으로 멀티비전과 내 앞의 풍경을, 그 기묘한 대비를 번갈아 바라본다. 지금 내 앞에서 가볍게 날리는 눈발은 빌딩 위에서 조심스럽게 방사하는 종이가루처럼 그저 무구해 보일 뿐이었다. 그건, 예정에 없던 신scene에 미처 대비하지 못한 허술한 소품 같기도 했다.

부질없는 생각이다.

건물 차양에 서서 손목시계를 또 한 번 내려다본다. 호텔을 나와 점심을 먹었고 역 근처 쇼핑몰에서 기념품도 구입했지만 5시가 되려면 아직도 세 시간이나 남아 있는 상태였다. 하카타 역 근처의 비즈니스호텔에서 체크아웃을 하고 로비의 공중전화기로 H에게 전화했을 때가 아마 오전 10시쯤이었을 것이다. 십 년 만에 통화한 H는 내 목소리를 단번에 기억하지 못했다. 짧은 순간, 전화한 것을 후회했지만 규슈에 와 있다는 내 전화를 그는 단 한 번도 예상한 적 없었을 터이기에 그 후회의 순간조차 나는 곧 후회했다. 여행 책자의 접힌 페이지를 펼쳐놓고는 공중전화기의 차가운 버튼을 꾹꾹 누르다가 다섯 번이나 도로 수화기를 내려놓았던 내 행동을 H가 꼭 봤어야 한다는 한심한 생각까지. 후회할 수 있다면 가능한 많이, 최대한의 범위에서 나는, 후회하고 싶었다.

만나러 좀 와줄래요?

전화기 너머에서 H가 좀 더 침묵했다면 나는 충분히 이렇게까지 비굴해질 수 있었을 것이다. H 앞에서 나는 늘 문 앞에 서 있는 기분이지 않았던가. 그 문을 열면 깊이를 알 수 없는 곳까지 이어져 내려가는 먼지 낀 계단들이 나타났다. 그곳은 깜깜했으며 적막했다. 그곳에선 확실한 것도, 옳다고 여겨지는 것도 없었다. 그를 알고 지냈던 십 년 전의 나는 그렇게 이 세상에는 없는 깊은 바닥으로 내려가 길을 잃었고 때로는 다시는 출구를 찾을 수 없을지도 모른다는 불안감에 짐승처럼 울부짖기도 했다.

무슨 말이라도 하기 위해 숨을 가다듬고 있는데 H가 불쑥, 12시에 출발하는 신칸센을 탈 테니 기다려주겠느냐고 물어 왔다. 예상하지 못한 갑작스러운 제안에 할 말을 잃은 내게 그는 하카타 역 후문에서 만나면 좋겠다고 덧붙여 말하기도 했다. 나는 마지막까지, 이륙 시간이 오늘 저녁 8시 50분으로 찍혀 있는 내 서울행 비행기 티켓에 대해서는 언급하지 않았다. 신칸센으로 도쿄에서 하카타까지 오는 데는 다섯 시간 정도가 소요된다는 건 전화를 끊고 나서야 여행 책자에서 확인했다. 그러니까 H는 5시 즈음에 여기, 내가 있는 곳으로 오는 것이다.

발길을 돌려 하카타 역 후문 근처에 자리하고 있는 스타벅스로 들어가 드립 커피 한 잔을 주문한 후 창가 테이블 쪽에 자리를 잡는다. 어제 오후부터 고요하게 나를 따라오고 있는, 유골 상자를 조심스럽게 옆 의자에 올려놓는데, 상자를 싸고 있는 핑크색 공단의 매듭에 시선이 간다. 남자는 꽤나 정성을 들여

공단의 매듭을 지어놓았다. 마치 정성스럽게 상자를 싸는 것만이 죽은 자에 대한 예의라고 믿고 있다는 듯이 매듭의 양쪽은 자로 잰 것처럼 정확한 대칭을 이루고 있었다. 손가락 끝으로 매듭을 만져본다. 젖은 나무 냄새가 난다. 이틀 전 밤, 삼나무 숲의 키 큰 나무들이 뿜어내던 수액 냄새를 닮았다.

대체 강원도 한계령에 뿌려달라는 유언은 어디에서 기원된 걸까.

어머니의 고향은 경북 포항이었고 내 기억의 회로엔 우리 가족이 강원도로 여행이나 소풍을 떠난 장면이 입력되어 있지 않다. 아니, 우리 네 식구가 서로를 마주 보며 어딘가로 떠나는 장면 자체를 나는 소유해본 적이 없다. 어머니에게 강원도가 왜 생의 뒤편으로 향하는 출발점이 되어야 하는 건지, 육십이 년의 생애와 맞바꾼 이 결 고운 유골 가루를 왜 그곳의 바람 속에서 소멸될 수 있도록 그 순진한 남자로부터 약속을 받아놓은 것인지, 어머니와 삼십 년을 떨어져 살며 어느새 서른일곱의 나이에 도달한 나에겐 그 해답을 찾아낼 열쇠가 없다.

H에게 이 유골 상자에 대해서는 아무것도 말하지 못할 것이다.

불편한 침묵이 흐를 터였다.

유골 상자에 대해 함구하는 대신, 나는 생전 처음 온 일본이라는 나라가 풍기는 분위기나 오늘의 짓궂은 날씨에 대해 쉴 새 없이 떠들어대도 괜찮지 않을까. 십 년이란 시간 동안 가장 빛났던 내 생의 어느 장면을 자랑하듯 늘어놓는 것도 나쁘지 않겠다. 아니, 어쩌면 최대한 가볍고 무의미한 말로 시작하는 것이 가장 좋을지도 모르겠다. 그러니까 어젯밤 비즈니스호텔 싱글 침대에 누워 있다가 무심코 켠 텔레비전에서 막무가내로 흘러나왔던 포르노 필름 같은 얘기. 알고 보면 우리 모두에게 있는 모습인데 어째서 우리는 그런 필름 앞에서 구역질이 날 것 같은 외설스러움과 한없이 건조한 슬픔을 동시에 느껴야만 하는 걸까요. 내 말을 들은 H는 고개를 끄덕일까, 아니면 얼굴을 붉히게 될까. '남자들은 그런 걸 보면 정말 흥분되나요?'와 같은 질문을 던지고는 태연하게 맥주를 마시며 시큰둥한 표정까지 지어 보인다면 H는 적당한 대답을 못 찾고 허둥댈 게 뻔하다. 누가 봐도 명백하게 나이 든 남자가 되어 있을 H의 언어 중에 아직도 '흥분'이라는 단어가 포함되어 있다면 말이다.

  2시 20분이다. 두 시간 사십 분이 지나면 H는 하카타 역 플랫폼에 한쪽 발을 내려놓은 후, 오래전 버릇처럼 긴 한숨을 내쉴 것이다.

  조금씩 식어가고 있는 머그를 내려놓고 창문 너머 멀티비전을 다시 올려다본다. 여전히 그 사각형의 세계에선 혼잡한 도

심의 풍경이 펼쳐지고 있었고 눈발은 거세게 휘날리고 있었다. 멀티비전의 세계가 연출하고 싶었던 것이 무엇이었는지 나는 문득 궁금해진다. 이십 년 만의 폭설과 그로 인한 교통마비 및 통신의 두절 같은 어수선한 이미지를 끌어들여 십 년 전, 내가 H와 함께 그토록 갇혀 있길 원했던 긴 터널을 기억하게 하기 위함일까. 그런 거라면, 그 연출력은 일단 박수를 쳐주고 싶을 만큼 성공적이다. 식은 커피가 쓰다. 확실하고 옳다고 믿어왔던 것들이 분분히 퇴색되어가는 곳으로 나는 또다시 한 발 한 발 내려가고 있는 건지도 모르겠다. 그래서 나를 이곳으로 유인한, 그저 여느 때와 다를 것이 없는 멜로디와 볼륨으로 내가 사는 아파트까지 찾아와 울리던 그 전화 역시 내 인생으로 끼어들어 오기 위해 호시탐탐 기회를 엿보던 결정적인 음향 장치 같은 거였다고 멋대로 믿고 있는 것이다, 나는. 전화는,

파꾸상パクさん 이무우니까?

이렇게 왔다.

처음엔 장난 전화라고 생각했을 뿐이다. 저절로 미간 사이가 좁아졌다. 한 손으론 수화기를 들고 있으면서도 다른 한 손으론 원고를 들여다봐야 할 만큼 마음이 조급했기에 아무리 적의 없는 장난 전화라 해도 나는 온 힘을 다해 짜증을 낼 준비가 되어 있었다. 5월 대목을 앞두고 출판사에선 적어도 1월

말까진 초고라도 완성해달라고 거의 애원조로 부탁을 해놓은 상태였다. 말을 할 수 있는 준마와 말을 할 수 없는 소년이 다섯 겹의 세상을 뚫고 세상에서 가장 아름다운 아가씨를 구하러 가는 내용의 동화였다. 이미 줄거리와 콘티를 다 짜놓은 상태에서 시작한 작업이었는데도 중반 이후부터 이야기는 진전되지 않았다. 오 년 전, 신춘문예로 등단하며 성공적으로 동화작가가 되었지만 동화의 세계는 간혹 이렇게 나의 접근 자체를 완강히 불허하곤 했다.

잘못 거신 것 같군요. 여기엔 그런 사람 없습니다.

온기 없는 목소리로 그렇게 대꾸하고 수화기를 내려놓으려는데 저쪽에서 다급하게 다시 물어 왔다.

파꾸상? 파꾸, 유진 씨, 아니무우니까?

순간, 머릿속이 하얘지면서 들고 있던 원고를 놓쳤다. 원고는 내가 살고 있는 현실을 비웃으며 먼 과거, 기억도 나지 않는 세월 속으로 소리도 없이 떨어졌다. '파꾸'는 초성에서의 탁음이 자연스럽지 못하고 받침을 넣어 발음하는 것이 난해한 일본식 '박'의 발음법이라는 것을, 그 허술하고 미덥지 않은 시간의 관계망 속에서 원고를 건져 올릴 때에야, 나는 조심스럽게 떠올리고 있었다.

누구시죠?

이렇게 물을 수밖에 없긴 했지만 나는 이미 예상하고 있었을 것이다. 언젠가는 어머니의 신상 변화에 대해 알려주는 전화를 받게 될 거라고, 사춘기를 지나면서부터 늘 상상해왔었으니까. 그때 내가 어떤 자세를 취해야 할지, 어떤 말로 내 다친 마음을 표현해야 하는 건지, 막상 닥칠 감정의 실체보다 그런 부수적인 것을 상상하며 나는 배신감과 혼란뿐인 내 마음의 구조를 허물어왔다. 그러니까 어머니의 전화가 아니라 어머니의 죽음을 전해주는 전화를 나는 꽤 오랫동안 기다려온 셈이다. 파꾸상, 이라고 나를 호명하며 찾아오는 한 통의 무심한 전화를.

전화를 걸어 온 여자는 어머니의 일본인 남편이 나와 내 여동생의 왕복 비행기 티켓과 규슈 레일패스의 비용을 대줄 테니 꼭 시간을 내어 일본에 와주기를 바란다고 말했다. 여자는, 통역을 맡은 사람이라 했다. 어색한 한국어 발음으로 보았을 때 전문 통역사는 아닌 듯했지만 나와 내 여동생을 맞이하기 위해 통역을 맡아줄 사람까지 미리 구해놓은 그의 배려가 다소 놀랍기는 했다.

전화를 끊고 오 분간, 어쩌면 오십 분 동안 나는 완벽하게 음소거된 거실 소파에 앉아 있었다.

저녁에 대구에서 제부와 함께 보습학원을 운영하고 있는 여동생에게 전화를 걸었다. 여동생은 싫어, 내 말을 듣자마자 단호히 대답했다. 화를 내지도 않았고 다그치지도 않았다. 여동생의 그 단호함이 오히려 조금, 부러웠을 뿐.

3시 10분, 이제 남은 시간은 고작 한 시간 오십 분이다.

하긴…… 시계에서 시선을 돌리며 나는 고쳐 생각한다. 하긴, 당시 동생은 겨우 세 살이었다.

하지만 나라고 해서 어머니에 대해 애틋한 기억만을 품고 있는 건 아니다. 어머니가 내 눈에 보이지 않기 시작한 건 내가 일곱 살 무렵이었고, 일곱 살 아이의 눈엔 한 사람의 절박한 선택과 후회의 쓴 눈물을 투시할 능력이 없다. 어머니가 떠난 후, 아버지는 조금씩 이상하게 변해갔다. 그를 이해하기 위해 노력해야 한다는 의무감과 내 나이보다 항상 웃도는 증오심을 교환해가며 나는 나이를 먹어갔다.

─스미마셍すみません.

마침 익숙한 문장이 들려와 고개를 들어 눈앞에 서 있는 단발머리 여자를 물끄러미 올려다본다. 동그란 눈과 작게 다문 입술, 아담한 체격의 그녀는 일본 여자의 전형적인 표본처럼 보인다. 그러고 보니 스타벅스 안은 이미 사람들로 꽉 차 있었다. 여자는, 혼자 테이블 하나를 차지하고 있는 내게 양해를 구한 후 합석을 하려는 것 같았다.

스미마셍.

일본에 와서 가장 많이 들은 말이다. 공항에 나를 픽업하러 온 사십 대의 여성 통역자도, 어머니의 일본인 남편인 다나카 씨도, 그리고 내 전화를 받은 H도 너무도 아무렇지도 않게 이 말을 사용했었다. 심지어 길을 가다가 어깨만 스친 사람한테서도 들을 수 있는 말이었다. 대체 무엇이 죄송하다는 걸까. 무엇이, 내게, 그토록 미안하다는 걸까.

일본? 그럼 언제 오는 건데?

S가 그렇게 물었을 때 미안해, 라고 두서없이 말했던 나를, 내 대답을 기다리고 있을 저 단정한 일본 여자를 세워둔 채 나는 천천히 떠올리고 있다. 뭐가? 그가 다시 물어 왔을 때에야 나는 내가 선택한 그 단어가 얼마나 무책임한 건지, 얼마나 치사할 정도로 나 자신만을 위한 것인지 괴롭게 인정해야 했다. 나는 S에게 급작스러운 일본행은 내 어머니의 유골 상자를 수습하기 위한 것이라는 말은 하지 않았다. 물론 현실 바깥에 존재하는 먼지 낀 거울을 통해 나와 함께 늙어가고 있는 모습을 날마다 확인하고 있는 한 사람이 현재 일본에 살고 있다는 말도 하지 못했다. S는 내 유년의 결핍된 풍경에 대해 들은 바가 없었고 내가 가지고 있는, 오로지 H만을 비추도록 설계된 그 비밀스러운 거울에 대해서도 알지 못했다. 순진하게 두 눈만

깜빡거리며 나를 바라보는 그에게, 나는 신주쿠에 있는 동화 관련 유명 서점에 가서 책을 좀 사려 한다고 대답했다.

출판사에서 경비를 대주겠대.

말하자, S는 나를 의심하는 대신 부럽다며 웃었다. 어쩔 수 없다는 듯, 나도 그를 따라 웃고 말았다.

―하이, 도조はい、どうぞ.

뒤늦게 앉아도 된다고 대답한 후, 빈 의자에 올려놓았던 유골 상자를 가져와 발치에 내려놓자 단발머리 여자는 싱그러운 미소를 지어 보이며 내 앞에 앉는다. 머그를 드는 여자의 손길이 부드럽고 따뜻해 보인다. 여자의 손등을 건너다보는 내 시선엔 어느새 필터 하나가 끼워진다. 안 돼, 하는 마음으로 고개를 든다. 그러나 시간은, 이미 너무 먼 곳으로 거슬러가고 있다.

H는 그날, 이렇게 내 앞에 앉아 찬 맥주를 마셨다. 그를 처음 본 날이었다. 처음 본 것임에도 오랫동안 알아온 사람을 대면하듯 그의 검은 뿔테 안경과 해진 재킷과 듬성듬성 나 있던 새치들을, 무엇보다 그 크고 창백한 손등을 나는 터무니없이 진지하게 쳐다보았다.

대학 졸업 후 어렵게 자리를 잡은 첫 직장은 시사 잡지사였고 나는 사회부에 배당됐었다. H는 사회부 선배 기자였고, 보기 드물게 상식적이라는 평과 함께 두루 신임을 받고 있는 사람이었기 때문에 일이 년 후엔 데스크 자리를 차지할 거라는 소문을 달고 다녔다. 나는 또 다른 신입 기자와 함께 H가 기획한 특별 시리즈 팀에 들어갔다. 눈여겨보지 않는다면 찾기 힘든 곳에서 힘겹게 자기 몫의 노동을 감당하고 있는 노동자들을 소개해보자는 기획이었다. 60미터가 넘는 고공에서 바람의 공포와 싸우는 타워크레인 운전자, 맨홀 아래 지하의 우수관로에서 어둠과 악취를 견디는 모래 제거반 인부들, 부르는 곳이 있으면 어디든 달려가야 하는 새벽 거리의 대리운전 기사 등이 소개됐고 기사는 잔잔한 반향을 일으켰다. 대체로 H가 소스를 제공했고 나와 또 다른 신입 기자가 취재를 나갔다. 작성된 기사를 읽고 코멘트를 하거나 수정 사항을 알려주는 것도 H의 몫이었다. 어느 날 H는, 마지막 탄광을 취재하러 강원도 사북에 갈 예정이라고 내게 말했다. 모두가 퇴근한, 자정 즈음의 텅 빈 기자실에서였다. 그곳은 그의 고향이었다. H는 이번 꼭지는 자신이 직접 기사화하기 위해 오랫동안 준비해왔노라고도 했다. H의 취재가 잡혀 있던 날, 나는 오전 7시부터 동서울 터미널 영동선 매표소 앞에 서 있었다. 약속한 적도, 미리 양해를 구하지도 않은 돌발 행동이었다. 그날 H는 9시가 다 되어서야 모습을 드러냈다. 캔커피를 쥐고 있던 그의 손이 추위 때문에 붉게 변해 있었다. 나는 그의 의아해하는 얼굴을 보지 않기 위해, 아니, 그의 의도와 상관없는 내 마음의 시작을 나조차도 신뢰할 수 없었기에 터미널 바닥만 뚫어지게 내려다보고 있어야 했다.

  9시 35분에 출발하는 고속버스를 탔다. 서울을 벗어나자 눈발은 거세졌고 버스는 더디게 고속도로를 달렸다. 버스가 강원도로 들어서면서부터 자주 터널이 나타났고 터널을 지날 때마다 백색의 농도는 조금씩 짙어졌다. 한 개의 터널을 지나자 먼 곳에 자리 잡았을 마을이 지워졌고 두 개의 터널을 통과했을 땐 산의 능선이 지워졌으며 세 개, 혹은 네 개의 터널을 빠져나온 순간엔 나무들이 지워졌다. 어느 순간부터 온 세상은 흰색으로만 남게 됐다. 나의 치기와 어리석음, 그럼에도 속수무책으로 H의 옆모습을 훔쳐보고 있는 스스로를 용납할 수 있을 만큼, 딱 그만큼 세상의 뚜렷한 이분법들은 불분명해져갔다. 그리고 오후 2시, 그 애매한 시간에 우리는 정선 버스터미널에 내렸고 터미널 앞 해장국집에서 늦은 점심을 먹었다. 지독하게 맛이 없었는데도 그와 나는 말 한마디 없이 꾸역꾸역 해장국을 먹었다. 해가 지기 전에 현장으로 가려면 그렇게 늑장을 부려서는 안 되는 것이었다. 그러나 우리는 그릇을 다 비우고도 좀처럼 자리에서 일어나려 하지 않았고 등 떠밀리듯 식당을 나온 후엔 터미널 앞의 유일한 다방으로 들어가 진하고 달콤한 커피까지 마셨다. 다방을 나와 뿌옇게 서리가 낀 손목시계를 장갑으로 닦아내며 시간을 확인했을 땐, 벌써 3시 30분.

3시 30분.

하루분의 자연광은 완연히 소멸의 축으로 넘어가고 나를 감싸던 현실의 모든 권태와 고단함을 다른 한 사람의 어깨에서 발견할 수도 있는 그런 시간. 그래서, 그 허전함을 공유하고 싶어서, 순간임을 알지만 한 줌의 위로를 찾기 위해 곁에 서 있는 사람의 한쪽 손을 아무런 동의도 없이 가만히 잡아줄 수도 있는 가벼운 시간. 그러니까 이제 한 시간 삼십 분 후면 H는 이곳, 십 년의 터널을 지나야 다다를 수 있는 이 눈 내리는 하카타 역으로 오는 것이다.

내 뒤에서 들려오는 박 기자, 그 목소리에 놀라 뒤를 돌아봤을 때 내 앞으로 뚜벅뚜벅 걸어올 그 얼굴을 나는, 한 번에 알아볼 수 있을까. 이번에도 분명 내가 먼저 뻗게 될 나의 작고 못생긴 손을 그는 그때처럼 어리둥절한 얼굴로 잡아줄 것인가.

저분입니다.

통역의 말에 무심히 돌아선 순간, 그 남자가 보였다. 인적 드문 간이역 앞이었다. 그는 내가 생각해왔던 것보다 훨씬 더 늙어 보였다. 누가 시킨 것도 아닌데 나는 자연스럽게 오른손을 내밀었다. 손끝이 가늘게 떨렸다. 후쿠오카 공항에서 택시로 하카타 역에 도착한 후 또 곧바로 구마모토행 완행열차를 타고 거기까지 가는 내내, 이유를 알 수 없는 피곤함과 출처가 불분명한 초조감이 줄곧 나를 따라왔었다. 남자는 내 손을 맞잡는 대신 통역과 일본어로 짧은 이야기를 나눴다. 왜 두 명이 아니라 한 명이 온 것인지, 그 이유를 묻고 있었다. 코트 주머니 속으로 내민 손을 도로 찔러 넣으며 나는 건조한 목소리로 통역에게 말했다.

여동생은 아픕니다.

아주 틀렸다고도, 정확하게 맞는 이유라고도 할 수 없었지만 달리 생각나는 적당한 말이 없었다. 고향을 떠나 서울에서 대학을 다니고 일했던 나와 달리 동생은 너무도 긴 세월을 고향 대구에서 아버지와 함께 살았다. 아버지의 장례식장에서 딱딱한 시멘트 벽에 머리를 짓찧으며 울던 여동생의 모습과 반사적으로 벽에 손을 댄 순간 동생의 머리로부터 전해져오던 그 강렬했던 아픔을 나는 지금도 내 품속에 고스란히 간직하고 있다. 그토록 미워했던 사람과 그렇게 오랜 세월을 함께 하는 동안, 여동생은 한 사람의 생애에서 꼭 경험하지 않아도 되는 분량의 인내를 배워버리고 말았다. 그건, 타인을 미워하는 동시에 그 미움을 증오하며 터득하게 된 고통의 인내였다. 물론 어머니가 의도한 건 아니었겠지만, 어쨌든 여동생은 그녀가 버리고 간 삶을 헐겁게 뒤집어쓴 채 묵묵히 아버지 곁을 지켰다. 제부를 만나기 전까지 그 하얗고 가지런한 치아를 온전히 드러내어 웃을 수 있는 시간을, 여동생은 그리 많이 향유해보지 못했다.

남자는 차를 가져왔다며, 통역과 나를 집으로 모시고 싶다고 했다. 어눌한 말투였다. 나는 사양했다. 어머니의 유골 상자만 받고 마지막 기차로라도 하카타와 구마모토 사이의 그 작은 시골 마을을 떠날 생각이었다. 거듭 사양의 뜻을 밝히자 남자는 고개를 떨구면서 사정했다. 소원, 이라고까지 말했다.

그제야 남자의 얼굴이, 남자의 등 뒤편에서 시작된 가로등의 희미한 조명 속에서, 하나하나 자세하게 보였다. 작고 마른 몸, 꾸부정한 등허리, 홈을 판 듯 깊기만 한 주름과 다듬지 못한 수염, 촌스럽지만 한편으론 고집스러워 보이기도 하는 두툼한 입술, 게다가 몇 년 동안 옷장에만 가둬뒀음이 분명한 후줄근한 검은색 슈트. 고작 이런 남자와 살려고 어머니는 이 낯선 땅으로 온 것일까. 저렇게 볼품없는 사내와 살았던 삼십 년으로 어머니는 대체 무엇을 보상받은 것일까.

나한테선 아무것도 얻을 게 없어요.

H는 자주 이렇게 말했다. 언제부터인가 H는 내 감정 자체를 완강히 거부했다. 그 기점을 모른다 할 수는 없었지만 H도 나도, 말로는 그 무엇도 확인하지 않았다. 아픈 딸을 혼자 키

우는 서른아홉 살의 남자가 스물일곱 살의 연애 한번 못해본 여자를 만난다는 것이 용납되지 않는다는, H의 대답은 한결같았지만 그 용납될 수 없는 마음까지 나는 그가 선택한 사랑의 방식이라고 믿어버리고 있었다. 눈이 멀어 있었다.

박 기자. 그는 나를 박 기자라고 불렀고, 이내 내 시선을 피한 채 숨결의 일렁임까지 느껴지는 한숨을 내쉬곤 했다. 박 기자. 그 말이, 그리고 그때의 내겐 전부였다. 그 한숨만으로, 나는 이미 충분했다.

뜻 없는 깊은 한숨 때문이었는지 맞은편에 앉아 있던 일본인 여자가 언뜻 나를 보는 게 느껴진다. 시선이 마주치기도 전에 여자는 곧 자리에서 일어나 스타벅스를 나간다. 애인일 법한 남자가 유리문 밖에서 활짝 웃고 있었다. 그들의 약속은, 그러니까 오후 4시였던 모양이다.

한 시간여 후, 하카타 역 앞에서 마주 서 있을 우리의 모습도 누군가는 이렇게 따뜻할 것도, 차가울 것도 없는 눈빛으로 품어줄 수도 있을 것이다. 그리고 그와 나 사이의 한 뼘의 공간으로는 십 년을 떨어져 살며 각자가 견뎠을 세월의 적막감이 이십 년 만에 찾아온 폭설에 얹혀 흘러갈 것이다. 우리는 십 년 전보다 늙어버린 서로의 지친 얼굴을 들여다보며 가볍게 웃을 수도 있겠다. 한 사람이 빠져나간 삶이 얼마나 고단했는지는 고백하지 못하리라, 길 잃은 작은 새들도 침묵할 줄 아는 숲의 고독한 한가운데를 걷다보면 어느 순간 그 과정이 생의 전부였음을 깨닫는 날이 또 올 테니까.

엊그제, 삼나무 숲에 간 밤 11시쯤이었다.

소원이라고까지 했던 남자의 간절한 청을 무를 수 없어 나는 결국 통역과 함께 그의 집으로 갔다. 아니다. 그건 외려 나의 의지에 가까운 선택이었을 것이다. 나와 내 여동생의 어머니이자 내 아버지의 아내이기도 했던 한 여자가 소통 가능한 언어도 없이 나를 닮아 작고 못생긴 손을 간직한 채 삼십여 년을 살았던 그곳, 볼품없이 왜소한 일본인 남편을 위해 밥을 짓고 때때로 밀감을 따고 집에 딸린 축사의 돼지들에게 사료를 챙겨주던 그 공간을 지금이 아니라면 다시는 볼 수 없다는 걸 알고 있었으므로.

간이역에서도 삼십 분 정도 차를 타고 들어간 후에야 어머니가 살았던 집은 나타났다. 일본 어디서나 쉽게 찾아볼 수 있는 2층짜리 일본식 가옥이었다. 가로등이 있긴 했지만 집 주변은 어둡고 고요했다. 집들은 10미터 혹은 20미터 간격으로 띄엄띄엄 자리하고 있었고 행인들은 거의 눈에 띄지 않았다. 늙은 사람들만 모여 사는 외딴 시골이므로 해가 떨어지면 동네 사람들 대부분이 집 밖 외출을 하지 않는다고 통역이 남자의 말을 받아 설명해주었다.

어머니는 혹여 이런 고요를 사랑하여 현해탄을 건너온 것일까.

어머니가 처음부터 결혼을 목적으로 일본으로 간 건 아니라고, 오 년 전까지 간간이 연락이 되던 작은이모는 말해주었다. 일본에서의 취업 알선이 한창 붐을 일으키던 때였다. 어머니는 공장에서의 사고로 크게 다친 아버지 대신 목돈을 벌어야 한다는 욕심으로 무작정 일본행을 택했다. 부산발 시모노세키행 페리호 객실에서 속이 뒤집히는 강렬한 멀미를 참으며 꼬박 열여섯 시간을 잠 못 이루고 있었을 서른둘의 젊은 그녀에게, 누군가 이제 살아서는 다시는 고향으로 돌아갈 수 없을 거라고 일러주었다면, 그녀는 그 사람을 향해 목에 핏대를 올리고 삿대질을 해가며 세상에서 가장 지독한 악담들을 퍼부었을지 모르겠다.

브로커가 안내해준 곳은 한국에서 듣던 것과 달리 그냥 식당이 아니었다. 나가사키 외곽에 자리하고 있던 그곳은 말 그대로 술집이었다. 그 술집에 도착한 이후 어머니의 삶이 어떤 식으로 왜곡되고 훼손되어갔는지는 알 수 없다. 다만 술집 생활 삼 년 만에 어머니가 지금의 일본인 남편을 만나 후쿠오카 현으로 들어왔다는 것만 알 수 있을 뿐이다. 다나카라 불리는 저 남자를 어떻게 만났는지, 남자의 무엇이 병든 남편과 어린 두 딸을 등지도록 이끌었는지, 또한 이곳에서 평범한 시골 여자로 살면서 무엇을 감내했어야 했는지 지금의 나는 아무것도 짐작할 수 없다.

남자는 2층의 다다미 네 개 반짜리 방을 안내해줬다. 한눈에 봐도 열심히 청소한 흔적이 역력했고 여동생 몫까지 한 쌍씩 준비된 이불이며 베개 등도 모두 새것이었다. 통역이 쓰게 될 앞방도 깨끗하기는 마찬가지였다.

저녁을 준비해놓았다고 그는 말했지만 식욕은 전혀 일지 않았다. 허기조차 지나가버린 몸은 오로지 숙면만을 요구하고 있을 뿐이다.

그럼에도, 나는 한밤중에 깼다.

목이 말라 아래층으로 내려가자 식탁에 앉아 있던 남자가 엉거주춤 자리에서 일어났다. 마치 내가 잠에서 깨어 아래층으로 내려오기를 간절히 기다려왔다는 듯 그는 외투를 껴입고 있었고 나를 올려다보는 눈빛은 검게 일렁였다.

저, 저와 함께…… 난닷께なんだっけ, 저와 함께 아노あの, 저기 좀……

일본어 단어가 사이사이 끼어 있고 발음도 형편없었지만 남자는 분명 한국어로 말하고 있었다. 이상하게도 갈등이 일지 않았다. 남자를 따라가게 될 그곳엔 어쩌면 어머니의 영혼이 있을지도 모른다는 어처구니없는 생각마저 들었다. 돌멩이 아래나 나뭇잎의 뒷면, 혹은 새의 푹신푹신한 날개 속 같은 곳에. 잠이 덜 깬 상태였을 것이다. 꿈을 꾸고 있는 듯 정신이 몽롱했다.

집을 나와 이십 분 정도 걸어서 도착한 곳이 바로 그 삼나무 숲이었다.

우주의 모든 침묵이 잠시 쉬었다 가는 곳이라 해도 믿을 수 있을 만큼 적막한 그 숲 한가운데서 남자는 걸음을 멈췄다.

아내는 한 달에 두세 번 정도 이곳에 와서 울었지요.

그 정도의 한국어 구사 실력이 안 되어서 그런 건지, 아니면 내가 알아들을 수 없다는 것이 오히려 솔직해도 된다는 용기를 북돋아주어서인지 남자는 일본어로 그렇게 말했다. 남자에게도, 통역에게도 밝히지 않았지만 나는 사실 스무 살 이후부터 꾸준히 일본어를 공부해왔다. 이유는 찾지 않았다. 그저 언젠가, 어떤 식으로든 일본어로 내 얘기를 해야 할 날이 올 거라고 나는 예감하고 있었을 것이다.

세 번에 한 번은 당신의 이름을 불렀습니다. 파꾸, 유, 지인.

파꾸, 유, 지인.

파꾸, 유, 지인.

이렇게 세 번씩 불렀습니다.

온 힘을 다해 내 이름을 세 번 부른 남자는 이내 고개를 꺾었고 늘어진 소매 끝으로 간간이 코를 닦기도 했다. 남자로부터 몇 발자국 떨어져 있던 나는 조금씩 들썩거리는 남자의 어깨를 건너다보며 오래전에 내가 불태워버렸던 그 편지를 떠올리고 있었다. 작은이모로부터 알아냈는지 어머니는 딱 한 번 내가 다니던 대학의 학과 주소로 편지를 보내온 적이 있다. 불과 몇 장의 편지로 어머니의 절박한 선택과 후회의 쓴 눈물을 이해하기엔 전화 한 통 받지 못했던 세월이 너무도 길었기에, 그 편지를 읽는 것이 그때의 내겐 지루한 노동과 다를 것 없었다. 편지는 여자 화장실에서 담배를 피우며 태워버렸으므로 이제 그 내용의 상당 부분을 기억하려야 기억할 수도 없게 되었다. 하지만 그 문장만큼은 지금 막 뇌수에서 건져낸 것처럼 생생하게, 한 글자도 빠짐없이, 하나하나 되살릴 수 있다.

너도 내 나이가 되면 나를 이해해줄지도 모른다는 희망이 있어 나는 산다.

그 편지를 읽은 날로부터 또 많은 시간이 지난 어느 날, 그와 비슷한 말을 나는 또 한 번 들어야 했다. H가 일본 내 재일동포를 위한 신문사에서 일하고 싶다며 잡지사에 사직서를 냈던 날, 자정 즈음 전화도 없이 그의 아파트를 찾아간 내게 H는 말했다.

박 기자가 지금 내 나이가 되면 다시 만납시다.

소문이 좋지 않았다. 그의 아내가 죽은 이후부터 소문은 소문을 낳으며 점점 더 수치스럽게 변해갔다. 급기야 H가 내 뒤를 봐주는 대신 내게서 성적인 보상을 요구하고 있다는 데까지 소문은 닿아갔다. 우리가 이미 동거를 하고 있으며 곧 결혼할 거라는 소문은 그에 비한다면 차라리 견딜 만한 거였다. 그에 대한 신임은 하루아침에 무너졌고 나를 상대해주는 동료는 없었다. 소문의 통로도, 교환되는 지점도 짐작은 되었지만 도대체 어디에서부터 손을 대야 하는 건지 판단조차 되지 않았다. 우리를 에워싸던 언어의 외피는 나날이 단단해져갔고, 우리는 눈에 보이지 않는 그 단단한 돌을 맞으며 무력하게 피 흘려야 했을 뿐이다.

이제 나는 서른일곱 살이 되었다. 지치도록 기다려왔는데, 하루도 빠짐없이 나이를 먹어가며 여기까지 왔는데, 앞으로 이 년이 더 흘러야 십 년 전의 H의 나이가 된다는 것이 놀랍도록 낯설다. 지금은 다만, 그것만이 낯설다.

삼나무 숲에서 내가 만약 조금 울었다면, 그건 아마도 그토록 느린 세월 탓이었을 것이다. 적막 외엔 아무것도 없는 숲에서 그 누구도 들을 수 없는 울음을 토하면서도 살아왔던 세월의 무게가 너무 무거웠기 때문일 것이다.

4시 30분, 나는 스타벅스를 나온다.

이제야 멀티미전의 세계가 이곳에 당도했는지 진눈깨비는

어느새 폭설로 바뀌어 뿌옇게 휘날리고 있었다. 사람들은 시린 발바닥을 녹일 수 있는 어딘가를 향해 걸음을 재촉하고 있었고 때늦은 트리는 아무도 봐주지 않는 구석 자리에서 환하게 불을 밝힌 채 외롭게 서 있었다.

하카타 역 쪽으로 걸어가다가 나는 걸음을 멈추고 돌아선다. 하카타 역과 반대 방향으로, 그리고 나는 천천히 걷기 시작한다. 걸음이 조금씩 빨라진다. 로손 편의점 앞에서 종종걸음으로 왼쪽으로 꺾어지는데, 맞은편에서 뛰어오던 청년이 나를 치고 지나간다. 나는 중심을 잡아야 한다는 의식도 없이 옆으로 휙, 넘어진다.

마치, 작정이라도 했다는 듯이.

넘어지면서 유골 상자를 놓쳤는지 유골 상자는 저편에서 나뒹굴고 있다. 그토록 정성스럽게 묶어놓았던 매듭은 풀려 있었고 뚜껑은 열려 있었다. 연거푸 들려오는 '스미마셍'을 한 귀로 흘리며 무릎발로 기어가 상자를 바로 세운 후, 눈과 교환되어 어디까지가 유골인지 알 수 없는 흰 가루를 무턱대고 주워 담는다. 한참을 정신없이 그러고 있는데 갑자기 허리가 꺾인다.

엄마……

한계령엔 대체 언제, 누구랑 간 거야, 응?

아무도 나를 그 안으로 밀어 넣지 않았지만 나는 이미 내 앞의 문을 열고 울퉁불퉁한 벽을 손으로 짚어가며 가파른 계단들을 따라 한없이 내려가고 있었다. 어느 순간 옷장 하나가 나타났고, 나는 그 안으로 몸을 구겨 넣고는 여기저기 상처 난 손바닥을 감싼 채 어깨를 안으로 옹송그려 떨고 있다. 옷장 문틈 사이로, 그리고 나는 보고 듣는다. 점점이 드러나는 두 사람의 실루엣, 뜨겁고도 솔직한 손길들, 누구의 것인지 확인되지 않는 거친 숨소리……

누가…… 누가 있는 것 같아요.

그날, 정신없이 서로에게 파고들다가 이상한 인기척에 놀랐을 때 우리는 서로의 겁먹은 얼굴을 마주 볼 수밖에 없었다. 완벽한 맨얼굴이었다. 먼저 침대에서 일어난 내가 옷장으로 다가가 조심스럽게 문을 열었을 때 나는 오래전 그날, 어머니의 편지가 꽂혀 있던 학과 내 우편함 앞에 우두커니 서 있었던 바로 그날로 되돌아가 있었다. 쉽게 흥분해서도 안 되고, 너무 절박하게 울어서도 안 되는 심장 기형이라는 그 아이, 그 애의 어머니가 항암 치료를 거부하면서까지 낳았다는 작고 연약한 하나의 생명이 나를 보는 그 눈빛은, 그러나 내 어머니의 편지처럼 제대로 독해되지 않았다. 아니, 독해하고 싶지 않았기에 상대의 마음을 이해할 수 있을 것 같은 문장이 나올 때마다 나는 신중하게 그 부분을 접어놓아야 했다. 그는 반 이상 풀린

셔츠를 다시 여미지도 못한 채 아이를 안고는 등을 쓰다듬어주었다. 쉬, 울지 마, 착하지, 내 딸, 아빠가 미안해…… 그의 목소리는 흔들리고 있었고 그의 품에 안긴 아이는 기다렸다는 듯 악을 쓰며 울어대기 시작했다. 언제 생긴 건지 알 수 없는 손바닥의 상처를 내려다보며 나는 무의식적으로 그의 말을 따라 하고 있었다. 미안해, 엄마가 정말 미안해, 내 딸…… 미래의 어느 날, 어머니의 부음을 전해 들은 직후 여행 책자를 꺼내놓고는 어느 페이지엔가 그의 일본 연락처를 또박또박 옮겨 쓸 나의 모습 같은 건 상상도 하지 못했을 그때. 그의 아내는 그 일 이후 한 달 만에 호흡을 멈췄다. 길어봤자 일 년이라는 의사의 시한 판정을 사 년이나 연장시켰던 그 힘은 어느 눈 내리는 새벽을 틈타 차근차근 꺼져가고 있었지만 아무도 그것을 눈치채지 못했다. 모르핀에 취해 의식이 몽롱한 상태에서도 딸 이야기를 해주면 자동으로 꺼억꺼억 울었다던 그 여인을 잠재운 건, 혹여 H와 나의 부질없는 연기演技였을까, 한 사람은 한 번도 진심인 적 없는.

　유골 상자는 여전히 차갑다. 페이지를 접어놓는다고 해서 그 안의 내용까지 사라지는 건 아니라고, 누구에게나 맨얼굴로 마주 봐야 하는 고통의 순간이 있는 법이라고 다정하게 말해주어도 좋을 텐데, 한때는 건강한 수액이 흘렀을 죽은 나무의 젖은 껍질은 아무런 말이 없다. 온 우주의 침묵이 잠시 쉬었다 가는 삼나무 숲에서 말해질 수 없는 것을 말하고 싶다는 갈망과 그 말하고 싶은 것을 말해서는 안 된다는 엄정한 마음 사이에서 끊임없이 싸워야 했던 어머니는, 이제 진정 지친 모양이다. 그대로 상자의 뚜껑을 닫고 공단으로 다시 한 사람의 젖은 생애를 매듭지어준다. 나의 매듭은 형편없고 헐겁다.

코트에 묻은 눈을 털고 나는 천천히 일어난다. 5시였다. 지금쯤 기차에서 내려 개찰구 쪽으로 주저하듯 걸어가고 있을 H의 발걸음이 들려온다. 오 분만, 딱 오 분만 그를 기다려보자고 스스로에게 말한다. 한 걸음 한 걸음 나에게 오고 있을 H를, 십 년 전부터 나에게 오고 있었으나 또한 영원히 올 수 없는 그를 오 분만, 딱 오 분만 더 기다려야 하는 거라고.

손을 내려다본다.

어머니를 닮아 작고 못생긴 손.

한 시간 삼십 분 전, 그러니까 3시 30분의 정선 버스터미널 근처 다방 앞에서 H는 내가 내민 손을 조심스럽게 잡았었다. 참 작고 귀여운 손이군요. H의 입에선 단 커피 냄새가 났다. 내가 지나온 시간 모두를 감싸고 있던 *그의* 손등을 내려다보며 이 손을 먼저 사랑했다고, 저마다 거짓된 언어 뒤에 숨어 거절의 수사학과 가면의 유용함이나 배우고 있는 이 도시에서 홀로 솔직한 이 손만 있다면 그 무엇도 나를 범할 수 없다는 위안을 얻곤 했노라고 나는 고백했던가. 아니, 하지 않았다. 나는 말해질 수 없는 것을 말하기 위해 노력해본 적이 없는 사람이었다.

그날, 우리는 현장을 찾아가는 대신 서울행 버스에 올라탔고 또 몇 개의 터널을 지나 제 컬러를 찾아가는 세상에 도착했다. 원래의 색으로 돌아온 세상은 다시 우리 사이를 파고들어 왔고 그는 버스터미널에서 자판기 커피를 뽑아 내게 건네며 톤 낮은 목소리로 말했다.

오늘은 잊읍시다…… 박 기자.

하지만, 그때 내 손을 잡고 있었던 그의 젖은 손바닥을 나는 기억한다.

너무 떨리거나 괴로울 때 나타나는 H의 습관, 아니, H의 몸이 갖고 있던 습관이었다.

택시 한 대가 느리게 내 앞을 지나간다. 무턱대고 손을 들어 택시를 세운다.

잠시 후, 후쿠오카 공항 쪽으로 달리는 택시 뒷좌석에 앉아 백미러 안에서 흩날리는 이십 년 만의 폭설을 나는 무심히 건너다본다. 내가 다시는 들어갈 수 없는 그 치밀하지 못한 무대 위를 서성이는 반백의 사내를 보았다고, 그리고 나는 믿기로 한다. 하지만 그 모든 것이 너무도 순간이었기에 나는 내가 본 것 중 그 무엇도 확신할 수는 없었다.

김이은

첫눈과 소원과 백일몽 사이에 숨겨진 잔인한 변증법

# 김이은

1973년 서울에서 태어났고 2002년 『현대문학』 신인추천으로 등단했다. 펴낸 책으로 소설집 『마다가스카르 자살예방센터』, 『코끼리가 떴다』가 있다.

터널을 빠져나오면서 다시 눈발이 시작되었다. 첫눈답지 않게 굵은 눈송이가 열차 창에 부딪치면서 차가운 제 체온을 잃고 눈물처럼 흘러내렸다. 낯선 소도시 풍경을 배경 삼아 흘러내리는 눈雪물은 주르륵, 흐르지 못하고 중간에서 뚝뚝 끊겨 눈물이라기보다는 콧물처럼 보이기도 했다.

나는 괜히 코를 훌쩍, 들이마셔 콧물을 단속하고는 바닥으로 추락하거나 혹은 열차 창에 부딪쳐 액화液化하는 첫눈을 멍하니 바라보았다. 그러다 저항하듯 커튼을 쳤다. 평일 낮 시간이라 그런지 열차 안에는 승객이 많지 않았다. 끝에 노란 고름이 든 화농성 여드름이 목까지 잔뜩 나 있는 군인은 휴대폰으로 누군가와 통화를 하고 있었는데 무슨 일인지 목에 핏대를 세우고 있는 바람에 여드름이 더욱 붉게 도드라졌고, 그때까지 고개를 흔들어대며 자고 있던 초로의 남자는 군인이 큰 소리로 떠드는 바람에 놀라 깨서는 멍한 눈으로 주위를 두리번거렸으며, 인조 퍼 코트를 걸친 젊은 여자는 애써 차려입은 티가 역력하지만 싸구려 티가 너무 나는 바람에 어쩐지 애처로워 보였다. 그리고 한 쌍의 젊은 연인. 맨 구석 자리에 깊숙이 앉아 있어 뭐하고 있는지 눈에 보이진 않지만, 무슨 짓거리를 하고 있는지 훤히 알 만해서 여기까지 전해오는 그들의 흥분과 달뜬 열기 때문에 도무지 여자의 다이어리를 읽는 내내 집중하기가 어려웠다.

"……양진으로 들어설 때면 나는 늘 기묘한 공기의 흔들림으로 내 영혼의 위치를 실감하곤 한다. 장소나 공간에 의해 한 사람의 생이 달라질 수 있는 가능성은 얼마나 될까. 내 경우에는 마치 전생과 이생처럼 그 경계가 뚜렷하다. 내가 살았던 대도시와 다르게 양진의 공기는 더 차갑게 가라앉아 있으며 그 달콤하고 신선한 냄새는 내가 이 방인이라는 사실을 새삼스럽게 깨닫게 해준다. 양진에서 나는 완전한 외부인이며 일종의 장기 여행자에 불과하다. 나는 양진에서 오로지 시간을 소비하고 있을 뿐이며, 그럴 수 있다는 사실이 맘에 든다. 기분 좋은 일이다. 마찬가지 이유에서 나의 양진행은 일종의 도피이기도 하지만, 동시에 안온한 해방이기도 하다. 적어도 그가 다시 나타나기 전까지는 그랬다……"

다이어리에 빼곡하게 적힌 글들은 일기 같았지만, 내게는 풀기 어려운 암호 같아서 무슨 뜻인지 잘 알 수 없었다. 그랬지만 뭐랄까, 거기에는 엄청난 상품이 걸린 퀴즈처럼 강하게 나를 옭아매는 힘이 있었다. 예를 들면, 수백만 원이나 한다는 샤넬 백이 일등 상품인 다음과 같은 퀴즈. "빙하기에 갈라파고스에서만 서식했던 포유류로 다리가 여덟 개에서 열여덟 개까지 다양하며, 머리가 세 개인데다, 코와 입 대신 배꼽으로 호흡하고, 다른 동물들이 싸놓은 똥을 먹이로 먹었으며, 교합을 할 땐 집단으로 한꺼번에 수백 마리가 모여 사랑을 즐겼다고 알려진 동물은 뭘까요?" 하는 문제. 요컨대 어처구니가 없지만 시크한 블랙 컬러에 은은한 광택감이 도는 질감, 그냥 들고만 있어도 온몸에서 우아함이 줄줄 흐를 것 같은 그 백을 생각하면 포기하고 잊어버릴 수도 없는 희한한 문제.

나는 살면서 몇 번이나 내 영혼에 대해 궁금해했을까…… 생각하다보니 갑자기 나 자신이 한심해지는 게 아닌가. 지금까지 큰일 없이 살아오면서 대단한 인물이라 생각해본 적은 없지만 그렇다고 한참 질 떨어지는 인간이라고 자책해본 적도 없는데. 어쩌면 나는 거기서 멈췄어야 했는지도 모른다. 하얗고 굵은 첫눈이 내리는 신새벽, 인적이 드문 길거리에서 어깨를 웅크린 채 잠시 고민하는 척하다가 그대로 집에 돌아가 더운물에 몸을 씻고 발톱을 깨끗하게 깎은 뒤에, 어제 사다놓은 장충동 할머니 족발을 뜯어 먹고 시원한 맥주를 꺼내 마신 다음, 그리고 발 뻗고 잤더라면. 그랬다면…… 약간 잠을 설치고 거기까지 따라온 쓸데없는 생각을 떨쳐내느라 좀 세게 가위에 눌렸겠지. 그랬어도 대충 일어나 언제 그랬냐는 듯 샤워를 하고 실컷 게으름을 피운 뒤, 어스름이 단칸방 창문을 점령할 때쯤 동대문 도매시장의 구두 매장으로 출근했겠지.

하지만 영혼 어쩌고 하는 생각은 속도가 절정에 이른 뜀박질처럼 적당한 선에서 멈추지 못하고 더 나아갔다. 내가 먹고사는 것 말고 좀 더 고차원적인 문제에 대해 고민해본 적이 있었던가, 하는 일종의 회한과 반성과 갑작스런 깨달음의 감정이 마구 뒤섞인 채로 저 밑바닥에서부터 불쑥 밀려 올라와버린 것이다. 그러자 다른 무엇보다 나 자신에 대해 아는 일이 절실해졌다. 어쩌면 나는 그 때문에 갑작스레 열차를 타고 양진행을 택한 건지도 모른다.

그러나 고백하자면, 열차를 타고 오는 내내 설렘이나 호기심, 혹은 낯선 장소나 익숙지 않은 행동 패턴에 대한 두려움보다는 체념에 가까운 기분을 벗어나지 못하고 있었다. 내 처지에 영혼이나 정체성 따위를 운운한다는 게 대체 말이나 되는가 말이다. 단 한 번도 시도해본 적 없으니 실패할 건 뻔한 일 아닌가. 그러니까, 돌발적인 이 여행은 그 체념에 대한 확인 차원인 건지도 모른다.

"다음 도착할 역은 이 열차의 종착지인 양진, 양진입니다. 승객 여러분께서는 잊으신 물건이 없는지 다시 한 번 확인해주시고 가시는 목적지까지 안녕히 가십시오. 오늘도 저희 열차를 이용해주시어 대단히 감사합니다. 우리 열차는 승객 여러분의 편안한 여행을 위해……"

……어쩌고저쩌고하는 안내 방송이 흘러나오자 연인들은 고개를 쑥 내밀어 주변을 살핀 후, 옷매무새를 가다듬기 시작했다. 오래된 시트 때문인지 뭔지 모를 비릿하고 음험한 냄새가 공중에 떠다니다가 사람들이 풀썩거리는 통에 살비듬 냄새에 뒤섞여 한층 더 은밀해졌다.

열차가 속도를 줄이기 시작했다. 엄청난 열차의 속도를 이기지 못해 형체 없이 흐르기만 하던 바깥 풍경이 차츰 제 몸을 반듯하게 일으켰다. 굵은 눈발이 쳐놓은 주렴 너머로 낯선 장소의 뒷모습이 드러났다. 철로 바깥쪽 플랫폼을 사이에 둔 그곳의 모든 건물과 주택들은 양진역을 등지고 있었다. 차마 건물이라 부르기도 민망한 낡은 상가 건물들의 뒷모습은 밋밋하고 지저분하며, 매끈한 구두 뒷굽에 나 있는 상처처럼 흉물스러웠다.

역 앞에서 택시를 기다리느라 한참을 떨었다. 유난히 겨울에 눈이 많이 온다는 명성답게 양진에서 나는 폭설 속에 간신히 버티고 서 있는 눈사람 신세였다. 한적한 시골 역엔 열차 도착 시각에 맞춰 미리 기다리고 있는 택시란 기대하면 안 되는 것 중 하나인 모양이었다. 같이 내린 몇 안 되는 승객들은 벌써 어디론가 가버리고 혼자 꾸물거리다 어쩔 줄 모르고 서 있자니 몸속으로 얼음송곳이 파고드는 것 같았다. 역무원에게 도움을 청해볼까 싶었지만 좁아터진 역사 안 어디서도 사람 하나 구경할 수 없었다. 갑자기 장충동 할머니 족발이 사무치게 그리워졌다. 아! 시원한 맥주에다 족발 안주란…… 슬슬 후회가 되기 시작하면서 밤새 구두를 팔고 돌아온 온몸에 극심한 피로감이 몰려들었다.

별수 있나. 걷기로 했다. 한 걸음…… 열두 걸음…… 서른네 걸음…… 일흔여섯 걸음…… 택시! 저기요! 택시!

—아저씨, 여기로 가주세요. 여기요, 여기.

나는 얼음 입자가 박혀 잔뜩 곱은 손가락으로 힘겹게 여자의 다이어리를 꺼내 들고는 포켓에 꽂혀 있던 편지봉투를 내밀었다.

—어디요? 이거 눈이 어두워서 요즘은 통 글자가 안 보여놔서.

길고 낮게 흘러나오는 한숨. 택시 기사의 뒤통수는 눈 폭탄을 뒤집어쓴 내 머리통보다 하얬다. 기사의 손등에는 까만 눈송이들이 잔뜩 내려앉아 있었다. 그러고 보니 이상한 냄새도 나는 것만 같았다. 나는 순간적으로 질 나쁜 병원균이라도 쫓아버리듯 손을 홰홰 내저었다.

—여기요. 여기 봉투에 적힌 주소요. 양진시 용길면 산하리 칠십칠 번지.

—어디? 산하리?

네, 산하리 칠십칠 번지요, 라고 대답하려는데 택시 기사의 늙은 목소리가 내 입을 막았다.

—이 아가씨가 장난해? 내려! 가뜩이나 손님도 없는데 눈까지 와서 마지막 손님만 태우고 들어가야지 했는데, 뭐?

뭐가 문젠데요, 하려다가 예고 없이 밟은 브레이크 때문에 울컥, 몸이 앞으로 쏠렸다.

—엎어지면 코 닿을 데를 사지 멀쩡한 아가씨가 말야, 늙은 이를 놀리는 것도 아니고.

첫눈과 소원과 백일몽 사이에 숨겨진 잔인한 변증법 113

누가 알았나. 내쫓기듯 택시에서 내려 다시 걸었다. 걸어오던 방향이었다. 하지만 얼마 못 가 틀렸다는 생각이 드는 게 어찌 된 일인지 갈수록 인가가 드물어졌다. 대신 추수가 끝난 너른 논에 하얗게 눈이 쌓이고 있었다. 방향을 바꿔 또 걸었다. 소복소복 머리통 위로 내리는 눈은 그칠 줄 몰랐고, 내 온몸은 얼어가는 중이었다. 그런 나를 버려두고 세상은 온통 고요하게 가라앉고 있었다.

역사 안으로 다시 들어서자 직원인 듯 보이는 한 노인이 마침 어디선가 연탄집게로 연탄을 꺼내 나오고 있는 중이었다. 그러고 보니 한쪽 구석에 놓인 난로에서 온기가 번져오고 있는 게 느껴져 다리가 저절로 그쪽으로 이끌렸다. 외투 주머니에 들어 있던 두 손이 먼저 나와 난로 쪽으로 다가들었다. 살 거 같았다.

─이제 막 불붙이려는 건데?

좀 비켜봐요, 하면서 나를 밀치고는 난로 뚜껑을 여는 노인. 두 손이 수줍게 오므라들었다. 빨갛게 불이 붙어 있는 연탄 한 장이 그제야 통 속 깊숙이 들어갔다.

─아, 저기요.

돌아서서 어디론가 또 사라지려는 노인을 붙들었다. 노인은 눈으로만 뭐요? 하고 물었다. 철도청 소속 모자를 쓰고 있지 않았더라면 틀림없이 연탄가게 주인으로 생각했을 것이다.

─저, 그게…… 이거요.

이게 아니었는데…… 생각하면서 내 손이 내민 건 국제항공우편 봉투였다. 서울 가는 열차표 물어보려던 건데……

─연탄 한 장 더 가져오고 돋보기도 쓰고 올 테니 조금만 기다려요.

노인은 힐끔 봉투를 흘려 보고는 다시 돌아섰다.

─아니, 그게 아니고. 서울 가는 열차 언제 있어요?

─내일 아침이요.

─네?

─내일 아침이라구. 젊은 아가씨가 혼자서 이런 덴 왜 들어왔을꼬?

어깨가 저절로 떨어졌다. 그와 달리 손은 난로 통 속으로 막 들어가려는 찰나였다. 손톱만 한 온기를 느끼고 나니까 진짜 좀 나아진 기분이었다.

─어디 보자. 응, 칠십칠 번지? 바로 코앞이구먼.

연탄 한 장을 더 난로에 넣은 노인이 국제우편 봉투를 받아 들고는 코앞까지 가져가 읽었다.

─그런데 정말 오늘 서울 가는 기차 없어요?

─없다니까. 여기는 영동선 종착역에서 연장된 선이라 하

루 한 번만 열차가 들어오거든. 올해는 첫눈이 굉장하네.

연탄 두 장이 들어간 난로에서 아지랑이가 피어오르기 시작했다. 내 눈이 개찰구 밖으로 노인의 시선을 따라갔다. 플랫폼과 선로엔 열차 자국이 뽀얗게 지워져 있었다. 흉터 같았던 그 너머 건물들 풍경도 하얗게 가려졌다. 노인이 어깨에 걸치고 있던 수건을 건넸다.

―고맙습니다.

진심이었다. 뽀송뽀송한 수건이 나를 통째로 얼렸다가 다시 녹아 물이 되어 떨어지고 있는 첫눈을 조용하게 빨아들였다. 도로 수건을 받아 든 노인이 솜이 누벼진 두툼한 바지를 수건으로 탁탁 털어냈다. 까만 분진이 공중과 바닥으로 흩날렸다.

―이런 시골엔 왜 온 거요?

―켁켁. 저…… 그게 아는 언니를 찾아왔어요.

―그렇구먼. 바로 저기요. 산하리 칠십칠 번지.

노인은 연탄가루에 익숙한지 연신 밭은기침을 내뱉는 나를 그저 멍하니 건너다보았다. 그러고는 손을 들어 개찰구 바깥쪽, 그러니까 열차를 타고 내리는 플랫폼 쪽을 가리켰다.

―네? 저기라뇨?

폭설이었다. 눈앞엔 하얀 불투명 장막이 끝도 없이 쏟아져 내리고 있었다. 이 노인이 지금 장난하시나. 밤새 구두 매장에서 일하고, 더운물에 씻지도 못하고, 청량리역으로 가서, 아침도 먹지 않고는, 열차에 올라타고 꼬박 네 시간을 달려온 것도 모자라, 열차에서 내리자마자 눈 폭탄을 직격으로 맞고, 방금 전에 오늘 서울로 돌아가는 열차가 없다는 말을 들었다. 장난할 기분이 아니었다. 노인이 돋보기 너머로 호기심 가득한 눈을 똥그랗게 뜨고는 나를 건너다보았다.

— 따라와요.

노인은 내 팔을 잡아끌고 개찰구 쪽으로 향했고, 영문을 모르는 나로서는 그저 이끄는 대로 따라갔다. 개찰구를 빠져나가 막 선로로 들어서다 말고 생각난 듯, 잠깐 기다려요, 하더니 다시 안으로 들어갔다가 나온 노인의 손에 까맣고 커다란 우산이 들려 있었다.

— 나야 괜찮지만 아가씨는 눈을 더 맞다가는 큰일 나겠어. 써요.

노인은 성큼 걸어 선로를 가로지르더니 반대편 플랫폼으로 올라섰다. 뒤따라 걸었다. 발목까지 빠지기 시작한 눈의 땅은 발자국 소리 따위 한입에 삼켜버렸다. 플랫폼 바로 앞에는 관목 숲이 담장처럼 진을 치고 있었다. 열차 안에서는 못 봤던 건데? 생각하면서 두리번거렸다. 노인은 잎사귀가 다 떨어져 나간 관목 숲 앞에서 걸음을 멈춰 나를 돌아다보았다.

―여기요.

 여기? 어디? 관목 숲은 온통 눈꽃 세상이었다. 정밀한 고요함이 가득했고, 아름다웠다. 노인이 웃었다. 그 미소 앞에 하얀 눈의 자막이 흘러내렸다. 노인은 관목 숲 한가운데를 가리켰다. 다른 차원의 세상으로 통하는 입구가 스윽 열리듯, 그제야 숲 사이로 나 있는 좁은 오솔길이 눈에 들어왔다. 아주 좁아서 견갑골이 유난히 발달된 사람이 지나가려면 어깨를 있는 대로 옹송그려야 할 것 같았다.

―지름길이요. 원래는 길이 없었는데 사람들이 하도 이쪽으로 다니다보니까 길이 났지. 이 길을 따라서 조금만 가다보면 곧 숲이 끝나고 주택가가 보일 거요. 거기서 세 번째 집이 칠십칠 번지요. 우산은 가져가고.

 눈의 나라에 온 걸 환영합니다, 라고 인사라도 하는 것처럼 발에 밟힌 마른 가지와 이파리들이 눈의 융단 속에서도 바스락 소리를 내주었다. 인적도 없는 곳에서 들리는 소리라곤 내 발자국 소리밖에 없다니. 거기다 도저히 우산을 쓰고 걸을 수 있는 길이 아니었다. 나는 접은 우산을 들고 저기요, 뒤돌아 다급하게 노인을 불렀지만, 어디로 사라진 건지 선로에도 개찰구에서도 노인은 보이지 않았다. 홉. 숨을 한번 크게 들이마시고. 후. 내쉬고…… 다시…… 한 번 더. 긴장될 때마다 쓰는 방법이다. 그런데 정말 이 숲이 끝나는 곳에 뭐가 있긴 있는 걸까. 어쩐지 으스스 한기가 들었다. 한 걸음, 뽀득. 더 무섭잖아…… 열여섯 걸음, 바스락. 쉰일곱 걸음, 휴우. 백마흔여덟 걸음……

 끝났다. 노인의 말대로 과연 숲이 멈추고 인도가 드러났다. 노인은 역시 그냥 양진역에 근무하는 철도청 직원이었나 보다, 생각하니까 웃음이 났다. 아까 보았던 남루한 상가들과는 달리 오래돼 보이지만 깔끔하게 잘 정돈된 주택가였다. 특이한 점이라면 대부분 목조 주택이라는 거였다. 거기다 외관도 비슷해서 작은 마당이 있고, 이 층 집에다 지붕은 가운데가 솟은 세모 지붕, 그러니까 대충 시골에서 볼 수 있는 옥상 딸린 시멘트 집이 아니라 다락방이 있고 다락방 창문이 열리면 거기서 뭔가가 불쑥 튀어나와 날아다닐 거 같은 집. 한적한 유럽의 어느 소도시에서나 볼 수 있는. 양진 같은 외진 시골에 잘 지어진 목조 주택이 들어서 있다는 게 이해되지 않았다. 더 희한한 건 그런 집이 한두 채가 아니라는 사실이었다. 앞에 넓디넓은 논과 밭을 두고 있는 집들은 내 눈이 닿는 저쪽 끝까지 줄줄이 이어져 있었다. 또다시 아까 그 노인이 철도청 직원이 맞을까, 하는 의심이 불쑥 솟았다. 거리에는 아무도 지나다니지 않았고, 눈 내려 쌓이는 소리만 가득했다. 돌아갈까? 우선 택시를 타고 인근 기차역까지만 가면 되잖아. 하지만 이왕 여기까지 왔는데 그냥 가긴 아쉽고. 어떡할까? 하다가 아무튼, 싶었다.

세 번째 집. 앞. 양진시 용길면 산하리 칠십칠 번지. 이 집이다, 생각하면서 얼른 국제항공우편 봉투를 꺼내 확인해보았다. 맞다. 정말 그 여자의 집일까? 초인종을 눌러볼까? 누가 나오면 어떡하지? ……어떡하긴. 그러면 나는 다이어리 찾아주러 온 사람이 되는 거지. 딩동. ……딩동. ……딩동 딩동. 아무도…… 없다. 나는 울타리를 지나 작은 마당을 건너 현관문 앞에 섰다. 당연히 잠겨 있을 문이었다. 그런데 살짝 밀어보았더니 빼꼼 열리는 게 아닌가. 누군가 잠깐 뒷마당에 가느라 열어놓은 것 같았다. 아니면 혹시 여자가 현관문 잠그는 걸 잊은 걸까? 초인종을 여러 번 눌렀는데도 대답이 없는 걸 보면 집 안에 아무도 없는 게 맞는 것 같긴 한데. 어쩌지…… 하면서 한쪽 발을 현관문 안으로 막 집어넣고 있었다.

— 거기 누구요?

걸렸나. 본능적으로 다이어리를 꺼내 손에 들었다. 돌아서서, 혹시 다이어리 잃어버리지 않으셨어요? 하려는데.

— 오호라. 이 집에 사는 아가씨구먼. 이제야 얼굴을 보네 그려.

허리가 구부정한 웬 노파가 잔뜩 얼고 눈을 흠뻑 뒤집어쓴

파 뿌리를 한 아름 안고 서 있었다. 반쯤 부서져 나간 시꺼먼 노파의 앞니가 왠지 위협적인 느낌이 들어서 몸이 부르르 떨렸다. 그런데 이곳엔 늙은 사람들만 사는 건가. 혹시 칠십 세 이하 거주 금지지역인 거 아닐까.

─아. 네. 그런데 누구세요?

─옆집 사는 사람도 몰라보나? 아가씨가 집 밖 출입을 통 안 하니 얼굴 보기도 어렵네. 그동안 어디 갔다 온 거유? 한참 집이 빈 거 같던데.

─네? 네. 여행 좀 다녀왔어요.

─날도 추운데 뭔 놈의 여행을 그리 길게 갔다 오누.

─네? 아, 네. 그냥.

─아. 참. 아가씨가 없는 동안 우편물을 내가 받아놨는데 기다려봐요.

저기…… 하려는데 노파는 듣지도 않고 느릿하게 옆집으로 들어가버렸다, 가 도로 나왔다. 노파의 손에 파 뿌리 대신 편지봉투들이 한 움큼 얹혀 있었다.

─옜수. 편지가 자주 오나 봐.

노파가 건네준 우편물은 똑같은 모양의 국제항공우편 봉투였다.

─젊은 사람이 말야, 옆집에 노인이 혼자 살면 가끔 들여다

보기도 해야지. 서로 외롭게 시골살이 하는 처진데.

—그게, 제가 워낙 혼자 있는 걸 좋아해서……

—아무리 그래도 그렇지. 늙은이가 일부러 우편물도 꼬박꼬박 챙겨뒀다 주는데 하다못해 물 한 잔 준다고도 안 하네. 요즘 젊은 사람들은 원래 그런가.

—지금 막 여행에서 돌아와서요. 정리 좀 하고 나서 맛있는 거 대접할게요. 이따 오세요.

—그런데 짐은 다 어딨누.

—짐…… 은 네, 좀 전에 집 안에 들여놨어요. 그보다 궁금한 게 있어요.

—뭔데.

노파의 표정은 '그러잖아도 늙어 죽기 전에 심심해서 곧 돌아가실 지경이었는데 그거 듣던 중 반가운 소리네'라는 거였다.

—이 동네는 왜 집들이 다 똑같아요? 모양도 크기도 다 똑같은 게 좀 이상해서요.

—몰랐수?

—뭘…… 요?

—누가 여기다 펜션 단진가 뭔가를 짓다가 그만 부도가 나서 완성되기도 전에 공사를 중단했다잖우. 조금이라도 건지려구 짓다 만 걸 헐값에 팔았구. 그래서 나도 여기 들어왔지. 싸

니까. 알고 온 거 아니었어?

—아. 네. 그냥 아는 사람 집에 잠깐 와서 사는 거라……

—우리 집엔 이 층 계단이 중간에 뚝 끊겨 있어. 그래서 이 층엔 올라가본 적 없다우. 아가씨 집은 뭐가 미완성이야?

—저희 집은…… 집 안에 벽이 없어요.

—그렇구먼. 혼자 사니까 그건 상관없겠네. 이따 언제 올까?

—네?

—맛난 거 해준다며?

—네…… 정리 좀 하고 다 되면 모시러 갈게요.

노파는 그런데 왜 우산을 안 쓰고 들고 다니누, 눈은 다 맞고, 라고 혼잣말처럼 중얼거리면서 구부정한 걸음으로 돌아갔다. 휴, 한숨을 몰아서 내쉬고 현관문 안으로 막 들어서려는데 들고 있던 다이어리가 툭, 떨어졌다. 집어 들다 펼쳐진 면이 눈에 들어왔다.

"이곳에서 나는 나 스스로를 세상으로부터 완벽하게 격리했다. 아니, 간신히 세상에서 벗어나 나 자신을 찾은 것이라고 하는 게 맞을까. 말하자면, '가둠'으로써 '해방'되었달까. 그건 오랜 시간 동안 꿈꿔왔던 일이다. 사실 나는 그 모호한 경계를 즐기고 있는 건지도 모른다. 누군들 그 경계 사이에 있지 않은가 말이다. 이기와 이타, 완벽한 소음과 완벽한 적막, 보호와 격리, 언어와 침묵, 그리고 소리 없는 우아함…… 나는 양진에 와서야 비로소 내 인생의 방향을 완전히 바꾸었다. 그러나 생각과 달리 나의 양진행은 고요하기 그지없었다. 어느 날 아침에 눈을 떠서 그냥 가방을 쌌고, 또 그냥 이곳에 왔다. 그뿐이었다. 사실 삶의 방식을 완전히 바꾸는 결정적인 순간이 격렬한 내적 동요를 동반한 요란하고 시끄러운 드라마일 거라는 생각은 오류다. 그건 덜떨어진 저널리스트와 말초를 자극해 시선을 끌려는 영화제작자, 좀 모자란 학자들이 만들어낸 유치한 동화일 뿐이다. 그 중요한 순간은 믿을 수 없을 만큼 조용할 때가 많다. 엄청난 영향력을 발휘하고, 인생에 새로운 빛과 리듬을 가져다주는 완벽한 경험은 소리 없이 생겨난다. 이 아름다운 무음無音에 특별한 우아함이 있다."

문득 노파가 건네준 편지들과 내 손을 보니 흙이 잔뜩 묻어 있었다. 나는 공중에 대고 손을 활활 털어댔다. 얼었다가 녹은 흙은 세균성 박테리아처럼 착 들러붙어서 잘 떨어지지 않았다. 완벽하진 않네, 흐흐 하고 속웃음이 나왔다. 모호함이니 경계니 꼭 그렇게 어렵게 말해야 직성이 풀리는 여자의 표현법은 내겐 아주 낯선 것이지만, 어찌 됐든 여자가 번잡한 세상살이에 무척이나 시달리다가 모든 것을 버리고 이곳으로 숨어들어와 살았다는 건 알 만했다. 그리고 이곳에서의 삶이 꽤나 만족스러웠던 모양이다. 그런데…… 왜, 무엇 때문에 여자는 다시 이곳을 떠나 자신이 버렸던 서울로 돌아가 죽으려고 했던 걸까.

또 한 번 드라마틱하지 않고 조용하게, 자신의 삶을 바꿔 이번엔 아예 인생을 끝장내려고 했던 여자를 목격한 건 오늘 새벽이었다. 구두 매장에서 밤새 일한 뒤 집으로 돌아가는 중이었다. 너무 피곤해서 길바닥에 넘어지기라도 하면 그대로 잠들어버릴지도 모른다고 생각했었다. 부츠 에이에스를 맡기러 온 손님이 있었는데 이번 시즌 유행하는 워커형 부츠였다. 무릎을 덮는 기장에 송치 소재로 제작된 거라 매장에서 가장 고가의 제품이었고, 특이하고 도발적인 레오파드 디자인 때문에 아무나 소화하기 힘든 스타일이었다. 딱 보니 '나가요' 언니였다. 언니는 매장에 들어서면서부터 이따위 물건을 팔아먹느냐, 내가 이 매장에 팔아준 게 얼마인데 나를 이렇게 취급하고도 너희가 무사할 줄 아느냐, 손님 관리가 이 모양인데 물건인들 멀쩡하겠느냐, 주인 나와라, 나 오늘 그냥 안 간다, 하면서 큰 소리로 나를 몰아세웠다. 막 출근하기 직전이었는지 완벽하게 세팅된 헤어컬에다 짙은 스모키 화장은 예쁘기보다는 괴기스러웠다. 에스엠 클럽에서 일하나? 생각하면서 나는 얼굴에 인공적인 미소를 띠고 있었다.

언니가 들고 온 부츠는 짧고 부드러운 송아지 털이 뒤덮여 있었는데 중간에 날카로운 뭔가로 긁힌 자국이 선명했다. 그걸 새걸로 바꿔달라는 거였다. 그때 내 머릿속에 떠오른 장면 하나. 가죽 비키니 차림에 블랙 가터벨트를 한 '언니'가 송치 부츠를 신고 채찍이나 장검 따위를 들고 테이블 위에 올라서 있는 모습. 채찍이나 장검을 소파에 앉아 있는 대머리 남자에게 휘두르다가 이런, 부츠에 금을 좍, 긋는 모습. 선명하지 않은가. 그래놓고 여기 와서 행패를 부리다니. 있을 수 없는 일이었다. '언니'는 사 갔을 때부터 흠이 있었던 걸 자기가 몰랐던 거니까 물어내라고 난리법석을 피웠다. 하지만 '언니'는 결정적인 오류를 범하고 말았다. 나를 완전 물로 본 것이다. 나는 경력 십 년의 베테랑이다. 그 정도 강짜엔 눈도 깜짝 안 한다. 언니가 퍼부어대는 말을 한 시간 가까이나 끝까지 들어주었다. 혼자 떠들어대던 언니가 지쳐갈 즈음에야 나긋한 목소리로 말했다. "정 억울하면 소비자보호원에 제소하시든지." 내 말에 언니는 꼭지까지 약이 바짝 올라 눈에서 레이저를 발사하면서 돌아갔다. 매장을 나가면서 언니는 '씨팔년'에서 시작해서 '년'이란 '년'은 모조리 입에 올렸지만, 그게 뭐 대수인가. 먹고살려다보면 그런 일이야 밥 먹고 이빨 사이에 낀 고춧가루쯤으로 생각해야 한다. 욕 얻어먹는 걸 후식쯤으로 여겨야 이 생활을 할 수 있다.

그랬지만, 오전 근무자와 업무 교대하고 매장을 나서면서 다리가 풀렸다. 그런 언니는 절대 한 번으로 포기하지 않는다. 아마 오늘이나 내일쯤 다시 올 테지. 그러거나 말거나. 간신히 동대문역사문화공원역에서 첫 지하철로 구파발까지 간 다음, 역사에 보관해둔 자전거를 타고 집으로 향했다. 지하철역에서 집까지 약 십오 분가량을 늘 자전거를 타고 오가는 길이었다. 얼마 가지 않아 눈이 내리기 시작했다. 앗! 첫눈이다. 나는 하늘을 올려다보면서 소원부터 빌었다. 이루어지지 않는다는 걸 몰라서가 아니라 말하자면 습관이었다. '지금과 다른 삶을 살게 해주세요. 단 하루만이라도.'

자전거를 멈추고 눈을 꼭 감고 빌었다. 눈송이 하나가 얼굴에 와 얹혔다가 녹아 흘렀고, 환한 빛 한 줄기가 감긴 눈꺼풀 위에 내려앉았다. 잠깐이었다. 나는 눈을 뜨고 다시 자전거를 타고 갔다. 북한산 쪽으로 가까워지면서 간혹 출근하려고 길을 오가던 인적도 끊겼다. 짙은 아침 안개를 동반한 첫눈은 내 시야마저 뿌옇게 가렸다. 이제 돌다리를 지나 조금만 더 가면 집에 들어가 더운물로 씻고 푹 잘 수 있겠구나. 북한산 계곡 끝자락을 가로지른 인정교를 불과 오십여 미터 남겨두고 있을 때였다.

　인적 없는 외진 다리 위에 웬 여자가 서 있는 게 보였다. 부드러운 카멜색 앵클부츠가 눈에 띄었다. 저런 부츠를 신는 여자는 평소에 잘 뛰지 않을 것이다. 레이스나 러플이 많이 달린 블라우스보다는 하이칼라가 붙은 셔츠를 더 자주 입겠지. 원색의 칼라보다는 모노톤의 색감을 선호하고, 과일도 꼭 유기농을 챙겨 먹겠지, 라고 생각하는데, 여자가 인정교 위로 허리를 잔뜩 구부린 채 까치발을 들고 난간을 붙들고 있던 양손을 막 떼어내고 있는 게 아닌가. 그 아래는 물기 하나 없이 바싹 말라버린 개천이 흐르고, 잡초마저 시든 채 크고 작은 바위들만 모여 있어 마치 돌들의 무덤 같은 곳이었다. 떨어지면 높이 때문이 아니라 바위 때문에 머리가 깨져 죽게 될 것이다.

　나는 반사적으로 자전거에서 뛰어내렸다. 자전거 바퀴에 왼쪽 발목이 쓸려 아픈 것도 알아차리지 못한 채, 찢겨진 바짓단 사이로 핏방울이 떨어져 하얀 눈 위로 새빨간 방울들이 뚝뚝 듣는 것도 모르는 채, 마치 공중에서 수영하듯 양팔을 위로 쭉 들어 올려 허우적거리면서 간신히 뛰어나가다가, 미끄러운 눈길에 안정감을 얻지 못한 뜀박질 때문에 결국 여자 바로 앞에서 푹 고꾸라졌다. 다행히 여자가 나를 돌아다보았다. 여자와

서로 눈을 마주 본 상태로 바닥에서 일어났다. 쓸린 손바닥이 쓰려왔다.

　—여기서 뭐하는 거예요? 떨어져 죽기라도 하려는 건가요?

　여자는 대답이 없었다. 낯이 익은 얼굴인데…… 어디서 봤더라. 기억나지 않았다.

　—미쳤어요? 밑을 봐요. 떨어지면 머리가 가루가 된다구요.

　묵묵부답. 날 무시하는 건가. 아니면 죽으려고 했던 마당에 나 따위가 대수랴 싶은 건가. 여자는 그저 텅 빈 눈으로 나를 바라보고 있었다. 아니, 나를 바라보고 있는 게 아니었다. 여자가 어딜 보고 있는 건지 알 수 없었다. 모호한 눈빛에다 고급스럽고 세련된 여자의 블랙 알파카 코트를 보고 있자니 뜬금없이 나로서는 여자가 죽으려는 이유를 끝내 알 수 없을 거라는 생각이 들었다. 하지만 여자는 오늘, 지금, 적어도 여기서는 떨어질 수 없을 것이다. 밤새 신나게 욕 얻어먹은 것도 모자라 눈앞에서 머리가 깨져 죽는 사람을 보고 싶지는 않았다. 한참 지나자 여자의 눈이 내게 와 닿았다. 그러더니 곧 시선을 아래로 떨어트렸다. 어느 결에 내가 여자의 소맷부리를 잡고 있었던 모양이었다. 여자가 가만히 내 손을 풀어내고는 뒤돌아 걷기 시작했다.

　—저기요! 이봐요!

나를 완전하게 무시한 여자는 느린 걸음으로 어디론가 걸어갔지만, 금세 내 시야를 벗어나 사라져버렸다. 별 이상한 여자도 다 있네, 하고 구시렁거리고 싶었지만 내 맘대로 되지 않았다. 여자의 표정이 쉽게 잊혀지지 않았고 여자의 이야기가 궁금했다. 어디서나 쉽게 볼 수 없는 분위기를 풍기는 여자였다. 여자가 사라진 곳을 물끄러미 바라보는데 얇게 쌓인 눈밭 위에 점점이 떨어진 핏방울이 내 시선을 잡아당겼다. 핏방울은 내 발밑까지 와서 멈췄다. 이런. 발목에서 여태 피가 흐르고 있었다. 바지를 걷고 양말을 내려보니 족히 오 센티는 찢어진 것 같았다. 자전거에서 뛰어내리다가 긁힌 모양이었다. 병원에 먼저 갈까, 아님 집으로 갈까, 생각하다가 여자가 그랬던 것처럼 무심코 인정교 밑으로 시선을 떨어트렸다. 어? 저게 뭐지?

추위에 하얗게 질린 바윗덩이 사이로 까맣고 윤기 나는 뭔가가 보였다. 여자가 떨어트린 걸까. 어쩌면 여자는 죽으려던 게 아니라 저걸 주우려고 했던 건 아닐까. 하지만 그랬다기에 여자의 태도는 너무 조용했다. 그렇다면 혹시 저것 때문에 죽으려던 걸까. 설마. 중요한 건가. 인정교 아래로 내려가면서도 그저 보기만 하는 거야, 라고 속으로 중얼거렸다. 부츠 굽이 자꾸만 바위틈에 꼈다. 하는 수 없이 신발을 벗고 바위를 타넘고, 넘어, '그걸' 주을 수 있었다. 다이어리였다. 일기 같기도 하고 아닌 것 같기도 한 글들도 빼곡했다.

"살면서 내 안에 있는 것들 중에 아주 작은 부분만 경험할 수 있다면 나머지 부분은 어떻게 되는 걸까? 얼마 전, 햇살이 반짝이는 5월의 어느 날 오전에 광화문 거리에 있는 꽃집의 진열창 앞에 서 있다가 반사되는 빛 때문에 진열되어 있는 꽃 대신 내 모습을 보게 되었다. 나 자신이 내가 하고 싶은 것을 방해하고 있는 것이었다. 손그늘을 만들어 안쪽을 들여다보려고 했을 때, 진열창에 비친 내 모습 뒤로 키가 큰 남자가 나타났다. 남자는 바지 주머니에서 담뱃갑을 꺼내더니 그 자리에서 담배 한 대를 꺼내 입에 물었다. 연기를 한 모금 내뿜던 남자의 시선이 내게서 멈췄다.

나는 진열창에 비친 남자의 시선과 마주치지 않기 위해 꽃들이 잘 보이는 것처럼 행동했다. 낯선 남자가 유리를 통해 볼 수 있는 나는 잘 정돈된 헤어컬과 과하지 않지만 세련된 메이크업, 단정하지만 이목을 끌 수 있는 옷차림을 한 여자였다. 이런 모습을 보면 누구나 나에게 관심을 가지겠지. 하지만 정작 남의 시선을 의식하는 나 자신이 내가 정말로 원하는 것을 하지 못하도록 방해하고 있었다는 사실은 미처 몰랐다. 나를 방해하고 있는 나 자신을 버리고 나면 아직도 원하는 무엇이 남아 있을까…… 어쩌면 그건 아주 쉬운 문제다. '지금과는 다른 삶을 살기.' 그것 말고 또 무엇이 있겠는가. 그래서 나는 떠나기로 했다. 나는 진열창 앞을 떠나 뒤돌아서 낯선 남자를 한 번 똑바로 바라본 뒤, 그대로 떠나왔다."

 나는 먹고살려고 밤마다 남들의 발 앞에 무릎 꿇고 앉아 그들의 발을 무슨 금덩이나 되는 것처럼 '모신다'. 바른 지 오래돼서 반 이상 벗겨져 나간 매니큐어를 봐도, 제때 깎지 않아 누렇게 웃자란 발톱을 눈앞에 들이댈 때도, 무좀에 걸린 발을 만지면서도 나는 웃으면서 그들의 발보다 낮은 곳에 내 몸을 부렸다. 하고 싶었으나 그러지 못했고, 또 매일 구두를 팔아야 하는 나 자신 때문에 할 수 없었던 말이 바로 이것 아니겠는가. '살면서 내 안에 있는 것들 중에 아주 작은 부분만 경험할 수 있다면 나머지 부분은 어떻게 되는 걸까? 그러니 지금과는 다른 삶을 살아봐야 하지 않겠는가.' 잠시라도 먹고사는 일을 벗어나보고 싶다는 바로 그것 말이다.
 뭔가가 바닥으로 툭 떨어졌다. 다이어리를 막 덮었을 때였다. 국제항공 규격 봉투였다. 발신인 쪽에는 어느 나라 글자인지 모를 문자들이 그림처럼 얹혀 있었다. 수신인은 양진시 용길면 산하리 칠십칠 번지. 김현정. 뜯긴 봉투 안은 텅 비어 있었다. 봉투에 적힌 그림 같은 문자에서 왠지 사막의 냄새가 났다. 눈 내리는 새벽 거리에서 코끝에 번지는 사막 냄새는 말하자면, 일종의 그리움이었다. 갑자기 누군지 모르는 편지의 발신인이 사무치게 그리워졌다.

다이어리를 좀 더 세심하게 살펴본 건 여자에 대한 정보가 더 있을까 싶어서였다. 어디로 가면 여자를 만날 수 있을까, 생각하다가 다이어리 뒤쪽 포켓에 꽂혀 있던 열차표를 발견했다. 양진행 열차표 한 장. 오늘 날짜였다. 한 시간 뒤 출발. 나는 여자의 다이어리를 손에 들고 다른 손엔 양진행 열차표를 쥐고서 천천히 걷기 시작했다. 왜 여자는 양진으로 돌아가려다 말고 마음을 바꿔 이곳까지 오게 된 걸까. 인정교 끝까지 걷다가, 뒤돌아 다시 여자가 서 있던 곳까지 걸었다가, 다시 집을 향해 발길을 돌렸다가, 다시 인정교 위를 서성이다가…… 또…… 걷다가, 뒤돌아보고…… 눈은 내리고……

한 시간 뒤, 나는 양진행 열차에 올라탔다. 두 가지 생각이었다. 첫째, 중요한 물건 같으니 여자에게 다이어리를 돌려주자. 둘째, 나도 내가 정말로 원하는 것이 무엇인지 찾아보자. 십 년 전 알바로 시작한 일을 그냥 쭉 해오다보니 어느새 나이는 해 바뀌면 서른이 되고 이젠 거대한 시스템에서 눈에 띄지도 않는 한 귀퉁이에 찌그러져 살아야 하는 처지이니, 적어도, 잠시라도 먹고사는 일에서 벗어나보자. 여자의 자살 미수에서 얻어진 용기였다.

……그렇긴 했지만, 여기까지 오고 보니 괜한 일이었나 하는 후회가 사막에 모래바람 일듯 밀려왔다. 결국 남의 일 아닌가. 생리통이 너무 심해서 오늘 하루 쉬겠다고 매장에 연락해둘까, 하는데 몸이 떨렸다. 일단 추위부터 피하자. 현관문은 잠겨 있지 않은 게 아니었다. 거기엔 애초에 잠금장치가 없었다. 노파의 말이 떠올랐다. 잠금장치를 설치하기 전에 부도가 난 모양이구나. 그런 걸 여자는 자물쇠 하나 걸지 않고 그냥 살았던 모양이었다. 하긴, 이 시골구석엔 도둑도 찾아올 것 같지 않았다. 아니면 여자에게 은근히 유치한 구석이 있었거나. 외로움의 다른 표현 말이다. 깊은 곳에 숨어 살고 있지만 실은 누군가 찾아와주기를 기다리고 있답니다, 하는. 어쨌거나.

아. 역시나. 여자의 낯이 익더라니. 집 안으로 들어서자마자 거실 전면에 걸린 커다란 여자의 사진 덕분에 여자의 과거를 단번에 알 수 있게 되었다. 여자의 이름은 '미르'. 십여 년 전, 한창 인기가 올라가던 무렵에 갑자기 은퇴하고 사람들의 시선에서 사라져버린 여배우였다. 사진은 여자가 출연했던 마지막

영화의 한 장면이었다. '아름다움을 훔치다'란 영화였다.

아주 못생겨서 괴물에 가까운 한 여자가 있었다. 그 여자는 못생겼다는 이유로 모두에게서 따돌림을 받고 골방에 처박혀 살았다. 골방의 어둠 속에서 여자는 하루하루 세상에서 가장 못생긴 인형으로 변해갔다. 그러던 어느 날, 굳은 결심을 하고 분연히 떨쳐 일어났다. 그리고 세상으로, 환하디 환한 빛 속으로 걸어 나가 아름다운 여자를 납치했다. 못생긴 여자는 아름다운 여자를 자신이 살던 골방에 가두었다. 그러자 아름다운 여자는 점차 못생겨져갔다. 내가 아름다워질 수 없다면 예쁜 것들을 못생기게 만들면 될 거 아닌가, 못생긴 여자는 그렇게 생각했다. 그리고 아름다운 여자들을 날마다 한 명씩 납치해서 자신의 골방에 처넣었다. '미르'는 못생긴 여자가 마지막으로 납치한, 세상에서 가장 아름다운 여자였다.

처음에 미르는 자신을 납치한 못생긴 여자의 손아귀에서 벗어나기 위해 사투를 벌였다. 하지만 시간이 흐르면서 미르는 점차 못생긴 여자가 왜 자신들을 납치할 수밖에 없었는지, 못생긴 여자의 깊은 외로움과 고통을 이해하게 되었다. 골방에 갇혀 고민하던 미르는 못생긴 여자에게 뜻밖의 제안을 하게 된다. 서로 모습을 바꾸자는 것이었다. 못생긴 여자는 눈물을 철철 흘리면서 미르에게 고마워했고, 미르를 비롯해 골방에 갇혀 있던 모든 아름다운 여자들을 풀어주었다. 골방에서 나올 때는 못생긴 여자가 흘린 엄청난 양의 눈물 때문에 하마터면 익사할 뻔했다.

미르의 모습을 한 못생긴 여자가 드디어 세상에 첫발을 내딛던 날. 골목길을 돌아 막 큰길로 접어들기 직전. 전봇대 뒤에 숨어 있던 한 남자가 갑자기 미르의 모습을 하고 있는 못생긴 여자를 습격해 날카로운 칼로 여자의 옆구리를 푹 찔렀다. 그 남자는 바로 십 년 동안이나 미르를 스토킹해왔던 정신분열증 환자였는데 감방에서 삼 년형을 살고 막 출소한 길이었다. 그 영화의 결말이 어땠더라…… 기억나지 않았다.

사진은 미르가 남자의 칼을 맞고 피를 흘리면서 쓰러지는 모습을 캡처한 거였다. 비극적으로 입을 벌리고 풀린 눈을 사십오 도 각도로 뜨고 있는 미르의 표정은 고통인지 희열인지 잘 구분되지 않을 만큼 모호하고 애매했다. 미르를 둘러싸고 있는 낭자한 피만이 검붉게 생생했다. 미르의 모습을 뒤집어쓴 가짜 미르로서 죽는 진짜 미르…… 어떤 기분이었을지 짐작도 안 갔다.

미르가 갑자기 은퇴한 이유에 대해서는 무성한 소문만 돌았을 뿐 제대로 알려진 게 없었다. 미르는 특히 눈초리와 턱선이 매력적인 배우였다. 뭐랄까. 깊은 듯, 또는 초점이 잘 맞지 않는 듯 몽환적인 눈매는 보는 순간 사람을 비현실적인 열기와 흥분에 휩싸이게 만들었고, 반면에 날카로운 턱선은 쓸데없는 감정의 낭비와 사치를 단칼에 잘라내버리는 느낌을 주었다. 그로부터 십여 년이 흘렀지만, 인정교 위에서 봤던 여자의 눈빛은 전혀 변한 게 없었다. 어쩌면 나는 여자의 그 비현실적인 눈빛에 이끌려 무작정 양진으로 향했던 건지도 모르겠다.

집 안은 보일러가 돌아가고 있어서 훈훈했다. 여자는 집을 떠나면서 곧 돌아올 거라고 생각했었는지 모르겠다. 바싹 얼어 오그라들었던 몸에 조금씩 온기가 돌기 시작했다. 눈으로 둘러보니 이런, 정말 집 안에 벽이 없는 게 아닌가. 방과 방을 구분하고 방과 부엌을 나누고 거실과 욕실의 경계에 존재해야 마땅할 그것, 벽이 없었다. 말하자면 집 안은 굉장히 넓은 원룸 같았다. 벽이 없는 집을 보게 되다니. 재밌는 건 문이 있다는 거였다. 원래 문부터 달고 벽을 세우는 건축법도 다 있나? 벽이 없는 공간에 존재하는 문이 얼마나 소용이 있는지는 잘 모르겠지만, 어쨌든 공간을 이름 붙이는 데는 요긴했다. 문이 있기 때문에 방과 거실과 화장실이 구분되고 있었던 것이다. 거실 한쪽에 이 층으로 향하는 목조 계단이 놓여 있었는데 옆집과 달리 계단은 이 층까지 올라가 있었다.

집 안에는 꼭 필요한 가구들 외에 어떤 장식도 없었다. 하지만 구비되어 있는 모든 것들은 고급스럽고 세련된 것들이었다. 언젠가 잡지에서 봤던 골드톤의 마란츠 앰프는 마치 조금 전까지 작동했던 것처럼 전원에 붉은 등이 들어와 있었고, 오디오 시스템 옆에 세워진 씨디 장에는 베토벤, 바흐, 라흐마니노프, 웅산, 노라 존스 등등의 씨디가 들어 있었다. 여자는 주로 클래식과 재즈를 듣는 모양이었다. 마호가니 원목 책장에는 『문명의 붕괴』, 『광기의 역사』, 『변신』, 『정의란 무엇인가』 등등 뭔지 잘 알 수 없는 책들이 잔뜩 꽂혀 있었다. 블랙 가죽 소파 위에 좀 전까지 읽은 것처럼 『만들어진 신』이 펼쳐진 채 거꾸로 놓여 있었다. 그 옆에다 편지들과 다이어리를 얌전하게 놓아두었다.

깊은 색감의 양탄자가 깔려 있는 거실을 지나쳐 방으로 들어갔다. 벽이 없으니 옆으로 그냥 돌아 들어가도 되겠지만, 나는 엄연하게 매달려 있는 문을 열고 들어갔다. 침대 헤드에는 커다랗고 화려한 꽃문양이 양각돼 있었다. 같은 무늬의 옷장 안에는 하나같이 고급스럽고 세련된 옷들뿐이었다. 나는 외투를 벗고 바지와 티셔츠도 벗어 던지고 속옷까지 전부 벗어버렸다. 그리고 옷걸이에서 반쯤 떨어진 채 덜렁거리고 있는 물실크 블라우스와 옷장 바닥에 널브러져 있는 모직 체크무늬 스커트를 꺼냈다. 머뭇거리다가 서랍을 열어 팬티와 브라를 꺼내 들었다.

　알몸으로 집 안을 가로질러 욕실로 들어간 나는 여자가 사용하던 바디클렌저와 샴푸로 몸을 씻었다. 몸에서 깊고 달큰한 라벤더 천연향이 풍겼다. 찢어진 발목에 말라붙었던 피딱지가 떨어지면서 신선한 피가 새로 흘렀다. 여자의 실크 손수건으로 발목을 감았다. 금세 손수건에 핏물이 배어들었다. 기분이 좋아졌다. 상쾌했고, 안온했다. 크림색 실크 레이스가 달린 여자의 속옷을 입었다. 여자의 블라우스와 스커트는 마치 원래부터 내 것이었던 듯 딱 들어맞았다. 스커트는 밑단이 넓고 무릎 밑으로 내려오는 기장이라 활동하기 편했다. 긴장과 추위가 풀리니까 눈꺼풀이 저절로 바닥까지 내려앉았다. 기다시피 걸어 여자의 침대 속으로 들어갔다. 포근한 극세사 침구가 여백 없이 내 몸을 감쌌다. 이상하리만치 모든 일이 자연스러웠다. 새벽부터 움직여 먼 길을 달려온 참이었다. 게다가 이 모든 것이 바로 여자 때문 아닌가. 나는 다이어리를 찾아준 데 대한 보상이라도 받는 기분으로 편안하게 잠들었다. 얼마만인가. 마치 처음인 것처럼 꿈도 없는 깊은 잠에 빠져들었다. 오랫동안 떠나 있던 집으로 마침내 돌아온 기분이었다. 세상을 통틀어 이곳으로 다 모여든 것 같은 적막이 나를 품속으로 감싸주었다.

　그 완전함이 낯설었을까. 나는 깊디깊은 침묵 때문에 깜짝 놀라 잠에서 깼다. 얼마나 잔 거지. 여전히 창밖은 내리는 눈 때문에 어두운 대낮이었다. 바람 소리조차 눈발에 지워져 온 세상이 진공상태 같았다. 서울의 단칸방은 이 시간이면 골목에서 어린것들이 뒹구는 소리, 배추와 멸치와 땡감과 새우젓과 계란을 파는 트럭의 확성기 소리, 사람들이 지나다니면서 뱉어대는 가래침과 욕설로 가득 차 있곤 했었다. 여자는 지금 어디 있을까. 미르는 내 단칸방에서 편안하게 잠들 수 있을까. 뜬금없는 상상과 의문이 안온한 이불 속으로 끼어들어 왔다. 그러자 좁은 내 방이 쪼그라들기 시작하더니 이내 형편없이 구겨져버렸다. 내일이면 그 구차한 틈으로 다시 기어들어 가야 한다고 생각하니까 엄두가 나지 않았다. 나는 떨쳐버리듯 길게 기지개를 켠 뒤, 정밀하게 들어찬 고요를 깨고 자리에서 일어났다. 하지만 그보다 급하게 적막을 깬 건 이 소리였다.
꼬르륵.

 냉장고에는 신선한 채소들과 유기농 마크가 찍혀 있는 식품들이 가득 차 있었다. 베이글을 데우고—여자는 이 산골에서 어떻게 베이글을 구해놓은 걸까—요거트 드레싱을 뿌린 야채 샐러드와 저지방 우유를 꺼내 식탁에 앉아 막 샐러드를 입에 넣고 씹다 말고 나는 다시 자리에서 일어났다. 다용도실에서 쌀을 꺼내 와 씻어 안치고 오래 묵은 것 같은 김치를 법랑 냄비에 넣고 바글바글 끓였다. 김치찌개 냄새는 금세 온 집 안을 점령했다. 찾아보니 대접이 없어 샐러드 볼을 꺼내다 밥과 김치찌개를 부어 비볐다. 밥을 먹기 전에 나는 여자의 씨디 장을 지나쳐 앰프 앞에 서서 라디오를 켰다. "두 시 탈출 컬투쇼입니다!" 익살스런 두 남자의 목소리가 보글보글 찌개 끓는 소리에 이어 여자의 집을 유쾌하게 휘저었다. 서울의 집에서 늘 이 시간이면 일어나 늦은 아침을 먹으며 듣던 프로였다.

"자, 오늘은 엄청난 강아지 깜상 얘기를 해드리죠. 삼 년 전에 아빠가 동생 생일 선물로 시장에서 오만 원을 주고 강아지 한 마리를 사 오셨더랬습니다. 온몸이 새까매서 깜상이라고 이름 지은 이 녀석은 어찌나 먹어대는지 정말 폭풍처럼 성장해서 육 개월 만에 웬만한 어른 개들을 위협할 정도가 되었지요. 그러던 중 우리 가족이 미국으로 이민을 가게 되어서 깜상을 시골 큰아버지 댁에 맡겼습니다. 그리고 작년에 서울에 잠깐 왔었는데 큰아버지가 다급한 목소리로 전활 하셨더군요. 빨리 와봐라. 깜상이 정말 엄청난 일을 저지르고 말았지 뭐냐. 한달음에 달려갔죠. 그런데 큰아버지 댁 입구부터 깜상이 달려 나오는데 이런, 한 마리가 아니었습니다. 대충 세어봐도 족히 오십 마리는 될 것 같았습니다. 기가 막혔죠. 아, 이놈이 가끔 가출했다가 돌아오지 뭐냐. 그러려니 했는데 두어 달 뒤부터 새끼들을 데려오기 시작했어. 그런 게 벌써 오십 마리에 육박한다. 이를 어쩌냐. 나는 깜상을 데리고 당장 동물병원에 갔지요. 큰아버지를 더 괴롭혀드릴 수 없어서 거세라도 시키려구요. 그런데 수의사 왈, 이놈은 사람으로 치면 변강쇠입니다. 거세하긴 너무 아까워요. 웬만하면 그냥 두시죠. 깜상은 그야말로 대물이었던 겁니다. 하는 수 없이 다시 깜상을 큰아버지 댁에 맡기고 미국으로 돌아갔죠. 그런데 며칠 전 다시 큰아버지 댁에 갔는데 글쎄, 이번에는 칠십 마리가 넘는 개들이 온 집 안을 점령하고 있는 겁니다. 그것도 모자라 깜상은 새끼들의 어미까지 데리고 들어와 떡하니 안방을 차지하고 있더군요. 정말 엄청나지 않습니까."

깔깔깔. 낄낄낄. 웃느라 밥알이 튀어 바닥으로 떨어지는 줄도 몰랐다. 개수대에다 빈 그릇을 대충 넣어놓았다. 아무 데나 널브러진 옷가지들, 개수통에 처박힌 설거지 그릇들, 그리고 냄새까지. 집 안에 배 있던 여자의 흔적은 순식간에 위협받고 있었다. 마치 시골의 한 펜션에라도 여행 온 것 같은 기분이었다. 장기 여행자의 거처를 빌려 단기 여행하고 있는 것과 마찬가지니 여자도 이해할 것이다. 편지를 뜯어볼까 하다가 그냥 다이어리를 읽기로 했다.

"나는 시간적으로만 광범위하게 사는 것이 아니다. 공간적으로도 눈에 보이는 것들을 훨씬 넘어서 살고 있다. 나는 어떤 장소를 떠나면서 나의 일부분을 남긴다. 떠나더라도 그곳에 남는 것이다. 내 안에는, 내가 그곳으로 돌아와야만 다시 찾을 수 있는 것들이 있는 것이다. '지금'과 '여기'가 본질적인 것이라는 확신은 때로 불합리한 폭력이다. 기차를 타고 단조로운 바퀴 소리가 끝나는 지점, 이곳 양진에 내렸을 때, 나는 비로소 나 자신을 향한 여행을 떠나왔다는 확신을 할 수 있었다. 왜냐하면 이곳은 내가 있었던 과거와 전혀 다른 곳이기 때문에 역설적으로 과거를 더욱 또렷하게 기억하고 이해할 수 있도록 해주기 때문이다. 떠나오기 전, 내가 있었던 서울에서는 너무 어두워서 보이지 않았던 나의 내면을 천천히 볼 수 있게 되기 때문에 이곳은 낯설면서도 동시에 낯설지 않다. 비록 과거에서 시작된 어둠이 이곳까지 따라왔지만, 그래서 배우미르로서 살아온 시간들이 아프게 기억되지만 그렇기 때문에 지금의 내가 있는 것 아니겠는가. 배우가 되었던 걸 후회하는 건 아니다. 다만, 배우였기 때문에 받았던 삶과 사랑의 상처가 아플 뿐이다. 만약 내가 배우가 아니라 아나운서나 작가, 혹은 오페라 가수였대도 내 사랑이 그리아팠을까. 그렇다면…… 내가 다시 과거로 돌아간다면, 나는 무엇을 택할 것인가. 배우인가, 사랑인가……"

  나로서는 과거에 대한 기억이 별로 없다. 지나간 일들을 기억해야 한다고 생각해본 적도 없다. 그도 그럴 것이 사실 어제나 그제나 한 달 전이나 일 년 전이나 별다를 게 없었으니까. 그저 그렇게 별일 없이 사는 게 최선이라고 믿어왔다. 그래서 나는 불행하다고 생각해본 적도 없다. 불행이란 늘 과거를 기억하고 지나간 일들을 잊지 못하며 그것이 현재와 밀접한 관계를 갖고 있다고 믿는 사람들이 느끼는 일종의 결과적 감정이 아닌가. 그런데 이 여자…… 미르의 다이어리에 빼곡하게 적힌 글들은 여자의 과거에 관한 글들이었다. 언제나 지난 일들을 기억하고 그것들을 잊지 않고 살자니 공연히 머리가 복잡하고 불행한 것 아니겠는가. 과거에 연연해하는 사람치고 행복한 사람 못 봤다. 하긴, 미르는 나 같은 사람과는 다르겠지. 여배우였다는 과거를 쉽게 지우긴 어려울 테고, 원치 않아도 그건 평생 따라다닐 테니까. 하지만 아무리 여배우라도 어차피 깨진 과거의 사랑 따위가 대체 무슨 상관이란 말인가…… 하다가 편지가 생각났다. 먼 데 사막으로부터 긴 시간을 날아온 편지들. 아마 여자가 말하고 있는 과거의 사랑일 거라고 생각하는데 초인종이 울렸다.

  정말이지 소스라치게 놀랐다. 심장에서 쿵 소리가 났는데 집이 무너지는 소린 줄 알았다. 들고 있던 다이어리가 바닥으로 떨어졌다. 뭐부터 치워야 하지, 뭐라고 말하면 좋을까, 길을 잃은 여행객이라고 하는 게 더 자연스럽지 않을까, 아까 인정교에서 만나지 않았느냐고, 다이어리를 돌려주러 왔다고 하면 이상하게 생각하지 않을까…… 머릿속이 꼭 빙하기에 갈라파고스에서만 서식했던 포유류로 가득 찬 것처럼 복잡했다. 하지만 금세 여자가 아니라는 데 생각이 미쳤다. 여자라면 자기 집 들어오는데 초인종을 누르겠는가. 누구세요? 나는 벌떡 일어나면서 목청 높여 소리쳤다. 대답이 없었다. 딩동. 딩동.

  — 누구시냐시까요.

  내 목소리는 듣기에 따라서 잡상인을 꺼려 하는 집주인 같기도 했다.

  — 저……

  중저음의 남자 목소리가 머뭇거리면서 문틈을 비집고 들어왔다. 이런 목소리는 잡상인 따위일 리가 없었다. 나는 낯선 방문객을 맞는 집주인처럼 천천히 현관문을 열었다. 남자가 신고 있는 신발이 먼저 눈에 들어왔다. 부드러운 스웨이드 소재의 스니커즈는 한눈에 봐도 바다 건너 먼 나라에서 생산된

게 틀림없는 고가의 제품이었다. 색감이나 디자인, 소재 모두가 고급스러운 생필품을 오랫동안 사용한 사람에게서 배어 나올 수 있는 여유가 느껴졌다. 하지만 스웨이드는 특성상 물에 약하기 때문에 눈이나 비가 올 때는 어울리지 않는 소재다. 이 땅에서 겨울을 시작한 사람이 택할 수 있는 신발이 아니다. 눈을 밟고 왔는지 남자의 스니커즈는 젖어 있었다. 찬 기운이 발까지 스며들어 남자의 발가락은 잔뜩 얼어 있을 거였다.

그런데 이상한 건 두툼한 잿빛 오리털 파카를 입고 목에 캐시미어 목도리를 친친 동여맨 채 함박눈을 제대로 맞고 서 있는 남자에게서 사막의 냄새가 난다는 것이었다. 남자의 정수리에 하얗게 얹힌 눈을 보면서 나는 마치 사막에 내리고 있는 눈을 보고 있는 것 같았다. 상상 속에서 넓디넓고 한없이 뜨거운 사막에 내리기 시작한 눈은 마침내 모래바람을 타고 휘몰아치는 소리 없는 눈 폭풍이 되어 방향 없이 흩어졌다. 뜨거운 태양의 열기에 달궈진 모래 바다에 쉼 없이 내리는 눈이 섞인 냄새는 뭐랄까…… 일종의 판타지가 아니고 무엇이겠는가. 나는 마치 백일몽이라도 꾸고 있는 기분이었다.

남자에게서 사막을 느낀 건 어쩌면 남자가 편지의 발신인일 거라는 나의 직감 때문일지도 몰랐다. 이제 막 청춘의 길고 어두운 터널을 통과한 듯한 남자의 얼굴에서는 깊은 교양과 겸

손한 자신감, 그리고 약간의 모험심이 느껴졌다. 난데없이 내가 이 남자를 오랫동안 기다려왔다는 이상한 그리움에 휩싸였다. 그동안 만나왔던 남자들의 얼굴이 파노라마로 후루룩 머릿속을 지나갔다. 하나같이 두 가지가 없다는 공통점이 있었다. 첫째, 운전면허. 둘째, 각종 보험.

— 여기…… 현정이 집으로 알고 있는데……

현정이? 아. 편지에 적혀 있던 수신인 이름. 미르의 본명이 현정이로군, 김현정. 미르라고 했을 때는 여자가 다른 차원의 세계에서 온 이방인 같더니 현정이라니까 왠지 나와 별로 다를 것도 없는 사람이라는 생각이 들었다.

— 아! 현정 언니는 지금 여행 중이에요. 제가 대신 집을 봐주고 있구요. 아주 친한 사이거든요.

— 여…… 행…… 이요? 그럴 리가 없는데.

— 그분이시죠? 외국에 계시다는…… 오실 거라는 말은 안 하던데?

— 현정이가…… 당신한테 내 얘기를 했다는 말이오?

— 네. 먼 데 사막에 계시다고.

남자의 얼굴에 비치는 실망의 눈빛. 보일 듯 말 듯 번져가는 배신감. 마음속에 예상치 못했던 희열이 한 줄기 뿌리내렸다.

— 일단 들어오세요. 아휴, 눈을 많이도 맞으셨네. 감기 걸

리겠어요.

 남자는 잠시 더 현관 앞에서 머뭇거렸다. 하지만 여기는 양진이다. 사방을 둘러봐도 갈 수 있는 곳은 없고 열차를 타려야 내일까지 기다려야 하며, 무엇보다 이 집은 '현정'이의 집이 아닌가. 남자는 고개를 까딱, 작게 목례를 하고는 옆으로 비켜선 나를 지나쳐 엄청나게 커다란 캐리어를 끌고 집 안으로 발을 디밀었다.

 ─ 현정이는 언제 오나요.

 캐리어를 현관 앞에 놓아두고 내가 이끄는 대로 소파 귀퉁이에 앉은 남자는 외투도 벗지 않고 여자부터 챙겼다. 나는 얼른 라디오부터 끄고 손을 공중에다 대고 홰홰 내저었다. 그래도 김치찌개 냄새는 가시지 않았다.

 ─ 모르겠어요. 정리할 게 있다고, 긴 여행이 될지도 모르겠다는 말만 했어요. 뭣 때문인지 몰라도 마음이 복잡한 거 같던데.

 텅 빈 집 안에 우리 둘의 목소리만 울려 퍼졌다. 조금씩 일그러지는 남자의 얼굴을 힐끗 보고 나는 갓 내린 커피 한 잔을 가져다주었다.

 ─ 드세요. 몸이 좀 녹을 거예요.

 ─ 아, 예. 그런데……

 남자는 말 중간에 커피를 한 모금 마셨다. 그러고는 길고 낮은 숨을 내쉬었다. 옹송그렸던 어깨를 조금 펴고 한 모금 더 마시고서야 문장을 이었다.

―그런데 왜…… 당신이 그 블라우스를 입고 있는 거죠? 현정이 생일 선물로 내가 보낸 건데.

―몰랐어요. 전 그냥…… 얼마 전에 만났을 때 언니가 제게 준 옷이라서. 언니는 가끔 안 입는 옷들을 챙겨서 제게 주거든요. 사이즈가 똑같은데다 언니 스타일이 좋잖아요. 그래서 제가 언니 옷들을 좋아하거든요. 불편하시면 벗을게요.

―아니. 됐어요. 이렇게 보니 당신에게 더 어울리는군요.

미르는 이 남자가 온다는 걸 알고 있었을까. 그랬다면 오늘 아침 미르가 죽으려고 했던 이유 중 상당 부분은 이 남자와 관련이 있을지도 모른다. 집 안에 남자 물건이 없는 걸로 봐선 아주 오랫동안 떨어져 있었던 것 같은데 이 둘 사이에는 대체 무슨 일이 있었던 걸까.

―우선 씻으세요. 그러다 감기 걸리겠어요.

아니, 괜찮습니다, 라고 대답한 남자는 젖은 양말을 내려다보더니 몸을 으스스 떨었다.

―아무래도 그러는 편이 낫겠네요.

―전 잠깐 뒷마당에 나갔다 올게요.

집 안에 벽이 없다는 걸 의식해서 한 말이었다. 남자가 갈아

입을 옷을 챙겨 욕실로 들어간 사이―처음엔 남자도 집 안에 벽이 없는 걸 이상하게 생각하는 듯했지만 아무 말 없이 조심스러운 몸짓으로 문을 열고 들어갔다―나는 빛의 속도로 움직였다. 집 안에 널브러져 있던 내 옷가지들을 모두 쓸어 모아 옷장 안에 처넣고, 그때까지 식탁에 남아 있던 베이글이며 샐러드를 뒷마당에 내다 버렸고, 재빨리 개수대에 들어 있는 그릇들을 씻었으며, 그때까지 소파 한쪽에 놓여 있던 다이어리와 편지들을 챙겨 표 나지 않게 책장 중간에 슬쩍 끼워 넣고는, 잘 마른 수건을 들고 거실에 서서 남자가 나오기를 기다렸다.

―고맙군요.

얇은 저지 티셔츠에 편한 면바지 차림으로 나온 남자는 내가 건넨 수건을 순순히 받아 들어 젖은 머리를 말렸다. 그러다 툭 떨어진 수건. 반사적으로 몸을 굽힌 나와 남자의 손등이 수건 위에서 부딪쳤다.

―여긴 어쩌다……

남자의 시선이 여자의 손수건을 묶어놓은 내 발목에서 멈췄다. 상처에서 배 나온 핏자국이 붉게 물든 손수건은 제가 가진 윤기를 잃고 있었다.

―아침에 좀 다쳤어요. 자전거에서 떨어졌거든요.

―어디 봅시다.

―네?

―내가 의사 노릇만 십 수 년째요. 괜찮으니까 저기 소파에 앉아봐요.

피가 배 나와 딱딱하게 굳은 손수건은 발목에서 떨어져 나와서도 동그랗게 말려 있었다. 남자는 따뜻한 물을 적신 수건을 가져와 내 발목을 부드럽게 닦아냈다.

―꽤 많이 찢어졌어요. 이대로 두면 평생 발목에 지렁이 한 마리가 들러붙은 것처럼 흉해질 거요. 기다려요.

하더니 커다란 캐리어를 열고 의료 상자를 꺼내 와 소파 아래 바닥에 주저 없이 앉았다. 그러고는 소독을 하기 시작했다. 지금 이 남자가 내 발밑에 기꺼이 무릎을 꿇고 앉아 있는 거야? 나를 위해, 온 신경을 집중해서, 따뜻함이 느껴지는 손길로, 나보다 낮은 곳에 앉아서, 내 발목을 만지고 있는 거지? 뭐지, 이건. 마음속에 방향을 알 수 없는 바람이 일기 시작했다.

―국소마취를 할 거요. 따끔해요.

마취제도 갖고 다니세요, 란 내 질문에 남자는 의사니까요, 라고 심플하게 대답했다. 주삿바늘이 따끔한 것도 몰랐다. 사막의 태양 때문인가, 남자의 머리칼이 부석거린다는 생각이 들어 부드럽게 쓰다듬어주고 싶었다. 남자의 손끝이 내 발목을 스치고 복사뼈를 지나 발등을 쓸었다. 바늘 끝은 신중했고,

남자의 손놀림은 섬세했다. 몰랐는데 겪어보니 이건, 내가 꿈꾸던 장면이었다. 매일 밤 다른 사람들의 발을 만질 때마다 어쩌면 이 꿈이 조금씩 쌓여갔는지도 모른다. 세상에서 누군가 내 발을 따뜻하게 만져줄 사람이 있을까, 하는.

— 저…… 혹시 운전면허 있으세요?

— 예? 아, 예.

— 그럼…… 보험도 있으시죠?

— 네. 아무래도 바깥 생활을 많이 하니까. 그런데 그건 왜요?

— 그냥요. 그냥 둘 다 있으실 거 같아서요.

속웃음이 났다. 남자는 내 시답잖은 소리에 별 반응 없이 여전히 바느질에 집중했다. 눈은 하루 종일 내릴 모양이었다. 창밖은 아직도 어둡고 하얬다. 남자가 마시다 만 커피향이 우리 둘 주위를 흘러 다녔다. 바느질을 끝낸 남자의 손이 이번에는 꼼꼼하게 붕대를 감았다. 발목을 감싼 붕대는 마치 부드럽고 하얀 족쇄 같았다. 그런데…… 자전거는 어떻게 됐을까. 갑자기 떠올랐다. 인정교 앞에 던져두고 왔으니 돌아간다 해도 다시 찾을 수는 없겠지. 그렇게 생각하니까 세상에서 가장 소중한 물건이 자전거 같았다. 소중한 것이 사라져버렸는데 돌아갈 필요가 있을까.

— 고마워요. 덕분에 지렁이랑 동거할 일은 없겠네요.

남자가 작게 웃었다. 처음과 달리 부드러운 표정이었다.

─그런데, 혹시 배고프지 않으세요?

─아, 예. 실은 아까부터 집 안에 김치찌개 냄새가 나서 배 속이 요동치는 기분이에요. 김치찌개를 먹어본 지가 백 년은 된 거 같아요.

빙고. 나는 팔랑거리는 걸음으로 거실과 주방과 뒷마당과 다용도실을 분주하게 오갔다. 마치 내 집인 듯 동선은 정확했고, 손놀림은 가벼웠다. 쌀을 씻다보니 양이 많아졌지만, 그냥 안쳤다. 밥이 되는 동안 새 김치를 꺼내 썰어 가장 예쁜 법랑 냄비에 넣고 끓였다. 냉동실에서 돼지고기도 꺼내 숭덩숭덩 잘라 넣었다. 금세 바글바글 끓는 소리와 익어가는 밥 냄새가 집 안에 가득했다. 파를 가지러 다용도실에 가려다보니 남자는 어느새 소파에서 잠들어 있었다. 다용도실에는 파가 없었다. 생각해보니 아까는 파를 넣지 않고 끓였었다. 어쩌나. 아까는 대충 끓였지만 지금은 그럴 수 없지 않은가. 하는 수 없이 소리 나지 않게 현관을 나와 옆집 초인종을 눌렀다. 어느새 눈은 그쳐 있었고, 엷은 어둠이 가까이 오고 있었다. 안개는 여전해서 짓다 만 펜션 단지의 끝이 보이지 않았다. 살짝 언 눈밭을 걷는 발밑에서 뽀득뽀득 상쾌한 소리가 났다.

─뭐 맛난 거 했어?

―아니요. 오래 떨어져 있던 애인이 와서 김치찌개를 끓여주려는데 파가 없어서요. 조금만 빌려주세요.

노파는 아까 봤던 고무 털신을 끌고 나와 우리 집 쪽을 힐끗거렸다. 내 말에 더 구미가 당기는지 눈이 반짝 빛나고 입안엔 하고 싶은 말들이 가득 차 자꾸만 우물거렸다. 노파의 몸에서 구수한 고구마 냄새가 났다.

―좀 있다 모시러 올게요. 저…… 고구마도 조금만 나눠주시면 좋겠는데.

후식으로 잘 익은 김치에 고구마라. 남자는 내 덕분에 백 년 만에 맛보는 행복을 느낄지도 모른다. 노파는 늙은이를 놀리나, 어쩌고 하면서 추운데 잠깐 안에 들어와 있으라는 말도 안 했다. 중간에 뚝 끊긴 계단은 어떻게 생겼을까.

―옛수. 고구마에는 동치미가 최고지.

스테인리스 대접에 담겨 있는 동치미에는 살얼음이 살짝 얹혀 있었다.

―고맙습니다, 할머니.

진심으로 고마웠다. 노파가 건넨 파와 막 쪄낸 고구마와 동치미를 들고 집으로 돌아오다가 하마터면 넘어질 뻔했다. 눈길에 미끄러졌다가는 지렁이 한 마리와 동거하는 데서 그치지 않을 일이었다. 빈손이 없어서 한쪽 다리를 들어 똥강아지 오

줌 누는 자세로 간신히 균형을 잡았다. 남자는 여전히 자고 있었다. 남자의 꿈속엔 모래바람이 불까, 아니면 하얗고 차가운 눈이 내리고 있을까. 남자가 깰까 봐 까치발로 걸었다.

밭에서 갓 뽑은 대파를 숭숭 썰어 넣은 김치찌개는 기분 좋게 졸아들고 있었다. 밥과 김치찌개를 식탁에 올려놓았는데 뭔가 부족한 기분이었다. 베이글에 샐러드라도 내놓을까. 하지만 그런 건 물리게 먹었을 거 아닌가. 한번 힐끗 보는 걸로 만든 사람의 수준을 짐작하겠지. 나는 다시 잰걸음을 움직여 김치를 썰고 밀가루를 풀어 김치전을 부치기 시작했다.

— 맛있는 소리랑 냄새 때문에 스물두 시간 날아온 피로도 싹 가시는 기분이네요.

남자가 주방으로 와 뭐 도울 게 없겠느냐며 말을 걸었다. 벌겋게 충혈된 눈에는 스물 두 시간의 여독이 그대로 남아 있었다.

— 다 됐어요. 앉으세요.

차려놓고 보니 근사했다. 눈을 한가득 퍼놓은 듯 하얀 밥에서는 김이 뽀얗게 올랐고, 불에서 막 내린 찌개는 아직도 보글보글 끓었다. 남자가 찌개를 한 숟가락 떠서 입에 넣는데 칭찬을 기다리는 아이가 된 기분이었다.

— 이것도 드세요. 아주 고소해요.

남자 쪽으로 김치전을 밀어주었다. 초인종이 울렸다. 남자의 젓가락이 막 김치전을 한 조각 떼내고 있을 때였다. 짜증과 불안이 한데 섞여 명치를 툭, 후려갈겼다. 누구지? 하지만 곧 여유를 되찾았다. 여자일 리가 없잖은가.

─ 할머니……

노파가 나를 밀치듯 현관 안으로 몸을 들이밀었다.

─ 괜히 부르러 올 거 뭐 있나. 내가 오면 되지. 구수한 김치전 냄새가 진동을 하는구먼.

말릴 새도 없었다. 노파는 털신을 현관에 부려놓고 집 안으로 들어갔다. 노파가 신은 꽃무늬 누비버선에서 덜 마른 흙이 떨어져 마룻바닥에 기분 나쁜 흉터처럼 번져갔다. 남자의 스웨이드 스니커즈에 털신에서 흙이 옮겨 묻지 않도록 한쪽으로 잘 치워놓은 뒤, 다급하게 할머니를 불러 세웠다.

─ 이따가 모시러 간다니까요.

─ 누구시죠?

젓가락을 손에 든 남자는 당황스러운 기색이었다.

─ 옆집 사는 할머니세요.

─ 아. 어서 오세요. 막 식사하는 참이었는데 이쪽으로 오시죠.

노파는 뻔뻔하게 남자가 이끄는 대로 주방으로 들어갔다. 그냥 예의상 하는 말에는 예의를 갖춰 거절하는 게 예의 아닌

가. 늙은이도 분위기 파악할 줄 아는 세상에 살고 싶다. 안 된다면 나는 절대 늙고 싶지 않다.

— 애인이 나이가 좀 있구먼? 난 아가씨가 혼자 사는 줄 알았지.

— 네?

— 아니에요. 할머니가 괜히 그러시는 거예요. 우선 이쪽으로 앉으세요. 식사 안 하셨으면 같이하실래요?

나는 다급하게 노파를 자리에 앉혔다. 허튼소리를 못하도록 서둘러 수저 한 벌을 챙겨 노파 앞에 놓아주었다.

— 그러자구. 늙으면 늘 배가 고프거든.

히히 웃는 소리가 드문드문한 이 사이로 새 나왔다. 그러더니 나를 향해 한쪽 눈을 찡긋, 하는 게 아닌가. 망할 놈의 노파 같으니라구. 남자와 노파가 마주 앉은 그림은 정말이지 넌센스였다. 그럼에도 남자는 최선을 다해 노파를 대했다. 모르고 보면 오랫동안 떨어져 있던 모자 사이로 여길 수도 있겠다, 싶었다. 평생 죽어라 고생해서 아들 하나 잘 가르쳐 먼 데 보내놓았다가 성공한 아들이 잠깐 시골의 노모를 보러 온 장면. 남자는 자신이 살던 곳의 얘기를 자세하게 들려주었고, 노파는 시골 생활의 간난신고를 처량 맞게 뚜루루 늘어놓았다. 간간이 동조의 한숨이 흘러나왔고, 자주 유쾌한 웃음이 오갔다.

집 안이 금세 소란해졌다. 온 집 안에 배게 들어차 있던 적막은 오백 년 전의 얘기가 되어가고 있었다. 신중했던 남자의 목소리는 여느 남자들처럼 데시벨이 점점 높아졌고, 노파에게서 떨어진 살비듬이 공중에 흩날렸다. 빈 공간에 탕, 탕 부딪쳐 울리던 목소리가 공명이 사라져 그대로 상대에게 토스되었다. 남자는 오히려 나와 단둘이 있을 때보다 편해 보였다. 나는 노파가 식탁 위에 흘려놓은 밥알과 김치전 조각을 치워대느라 바빴다. 찌개가 식었으니 데워 와라, 김치전이 모자라니 한 장 더 부쳐라, 물 좀 떠 와라, 집 안이 더워서 못살겠다, 하면서 입고 있던 누비 조끼를 내게 벗어 던지고는 밥을 한 그릇 몽땅 다 비우더니 좀 더 달라는 거였다. 차라리 어디 가서 파를 사 오는 건데. 시골에서 웬만하면 자급자족하는 데는 다 이유가 있는 거구나…… 하다못해 네이버 지식인에게 물어볼걸, 시골에 가면 가장 조심해야 하는 것은? 하고 말야. 대체 언제 가려고 저러지. 창밖은 벌써 어둠이 완전해져 창엔 내 모습만 어둡게 반사되고 있었다. 그때였다.

딩동. 딩동. 소리에 창에 비친 내 모습이 흔들, 거렸다. 또 누구야.

─누가 왔나 보네. 안 나가봐?

노파가 눈짓으로 내 등을 떠밀었다. 내가 나가죠, 하면서 남자가 일어섰다. 아니에요, 손사래를 치며 따라 일어나는데 남자가 벌써 거실을 가로지르고 있었다. 나는 잽싸게 남자를 앞질러 현관문을 부여잡았다.

―누구세요?

―아. 아가씨구먼. 문 좀 열어봐요.

오랜 세월 사용해 탁해진 남자 목소리가 현관문을 두드렸다. 거칠게 열린 문 건너편에 양진역에서 만났던 노인이 서 있었다. 퇴근길에 들른 건가. 철도청 모자는 쓰고 있지 않았다.

―집에 잘 찾아갔나 궁금해서 들렀지.

―예. 덕분에 잘 왔어요.

―어떻게…… 헤매지는 않았고? 첫눈인데도 어찌나 눈이 많이 오던지 말야. 걱정되더라구.

―예.

―그런데 내가 빌려준 우산은 어쨌나? 잘 썼으면 잘 돌려주기도 해야지.

집 안을 기웃거리고 두리번거리는 걸 보니 이 노인도 금방 돌아갈 기세가 아니었다. 노인은 현관 구석에 세워져 있는 우산을 곁눈질로 보고도 못 본 체했다. 우산을 쓰기엔 너무 좁았던 오솔길과 좁은 길에서 쓰기엔 너무 컸던 우산이 생각났다. 노인들만 모여 사는 양진의 공통 취미는 '남의 집을 예고 없이 방문해서 꼭 안에 들어가 죽치기' 쯤 되는 모양이었다. 내가 택할 수 있는 일이 아니다, 이거지. 피할 수 없는 구질한 삶을 받아들이는 데는 삼십 년 가까운 내공이 쌓인 몸이다. 이 정도쯤이야…… 그런데 이러다 우리 집에서 반상회하는 거 아닌가.

ㅡ그래야죠. 들어오세요, 어르신. 마침 김치전을 부쳤는데 맛이 기가 막혀요.

남자가 어리둥절한 눈빛으로 누군지 물었다.

ㅡ양진역 역장님이세요.

ㅡ아. 그런데 여긴 어쩐 일로……

ㅡ제가 초대했어요. 이 동네는 원래 음식을 나눠 먹거든요.

노인이 집 안으로 들어서다가 남자의 캐리어에 발이 걸려 넘어졌다. 어이쿠. 괜찮으세요? 남자가 다가가 일으키자 노인은 아이고 나 죽네, 하면서 바닥에 드러누웠다. 남자는 당황하는 기색 없이 노인의 다리를 살피고는 아까 쓰고 다시 캐리어에 넣어놨던 구급상자를 꺼내 와 압박붕대로 노인의 발목을 친친 감았다.

ㅡ조금 삔 것뿐이지만 조심하셔야 합니다. 무리하게 움직이지 마시구요.

ㅡ나야 어차피 매일 아침 열차가 한 번 왔다 가면 할 일도 없다우. 그런데 집 안에 벽이 없는 집도 다 있구먼.

그새 주방에 있던 노파가 나와 어깨 너머로 그 광경을 구경하면서 내 귀에 대고 아가씨 애인은 아주 훌륭한 사람이구먼, 이랬다. 기분이 괜찮았다. 노파의 입술이 김치전에서 묻은 기름기로 번들거렸다. 나랑 똑같은 붕대를 발목에 감은 역장 노인이 절뚝거리면서 양쪽 겨드랑이에 각각 나와 남자를 끼고 부축받았다. 노인의 등 뒤에서 서로의 손이 엇갈려 겹쳐졌다. 노인이 나를 향해 찡긋, 한쪽 눈을 감았다 떴다. 역시 평범한 철도청 직원은 아닌 게 분명해. 노인을 향해 마치 둘만 아는 암호 같은 미소를 한 방 날렸다.

나와 남자와 노파와 노인은 식탁에 정답게 둘러앉았다. 그렇게 앉고 보니 어쩐지 한 가족 같다는 생각이 들었다. 노부부와 아들 부부? 혹은 집에 인사하러 온 사윗감? 큭큭. 속웃음 때문에 하마터면 씹던 고구마 조각이 튀어나올 뻔했다. 남자는 역시나 사막 얘기에 열을 올렸고, 첫울음 이후 단 한 번도 사막이란 델 가본 적 없는 두 노인네는 온몸이 귀가 된 것처럼 열심히 들었다. 사막이 얼마나 뜨거운 곳인지, 또 모래바람이 얼마나 지독한지 두 노인은 마치 지금 겪기라도 하는 것처럼 감탄하다가 한숨짓다가 웃기도 하다가 화를 내기도 했다. 남자는 노인들을 다루는 데 천부적인 자질을 타고난 것 같았다. 노파는 더 이상 헛소리를 하지 않았고, 역장 노인은 내일 아침 열차 따위는 잊은 사람처럼 장식장에서 찾아온 와인까지 들이켜고 있었다.

—아, 참. 내가 그 얘기 했나? 폭설로 내일 아침 열차가 끊겼다는 거?

아싸. 왠지 유쾌한 기분이었다. 노인은 어차피 내일 일도 없는데 뭐 어떠냐며 새 와인을 땄다. 남자는 약간 놀라고 당황하고 실망한 기색이었지만 곧 체념하는 듯했다. 우리는 먹고 마시고 떠들고 웃었다. 노파가 논 한가운데서 홀레붙던 개들을 지팡이로 두들겨 쫓았던 무용담을 얘기할 때는 넷 다 기도를 있는 대로 열고 웃어댔다. 시골의 밤은 길고 깊었다. 그리고 우리에게 재밌는 얘깃거리는 얼마든지 있었다. 양진의 사계四季가 식탁 위를 파노라마처럼 흘러갔고, 한번 빠지면 늪처럼 빠져나올 수 없다는 사막의 모래 무덤이 모두의 눈앞에 나타났다 사라졌다. 뜨거운 한여름의 태양과 차가운 한겨울의 눈이 한데 어우러졌고, 남녀와 노소가 구분 없이 섞여 들었다. 시골 생활이 이렇게 즐거운지 미처 몰랐다.

남자도 후식으로 고구마 두 개를 먹어치우고 역장 노인이 주는 대로 와인을 받아 마셨다. 이글거리는 태양빛에 데인 것처럼 얼굴이 붉어져갔다. 풀어지고 나니까 나를 건너다보는 눈빛이 사뭇 달라졌다. 여자의 집에서 여자의 옷을 입고 남자가 원했던 음식을 나눠 먹으며 즐겁게 이야기를 나눌 수 있는 사람인 거다, 나는. 최소한…… 게다 밤이 더 깊어지면 두 노인네는 각자 돌아가겠지. 나머지는 길고도 긴, 깊고도 깊은 밤이 나를 돕겠지. 모든 것이 완전해져가고 있었다. 나는 향수병에 시달리다 돌아온 남자에게 위로와 애정이 담긴 눈빛을 한 방 쏴주었다.

역장 노인은 다시 데운 김치찌개로 밥 한 그릇을 뚝딱 비웠다. 노인이 먹고 나서도 밥솥에 밥은 일인분이 남았다. 일인분이라. 혹시 아침에 만났던 택시 기사도 오는 건 아닐까. 아까는 화내서 미안해요, 아가씨. 험한 눈길에 젊은 아가씨 혼자 보내놓고 걱정되더라구, 하면서 들어서는 건 아닌지. 와인잔도 미리 꺼내놓고 김치전도 더 부쳐놓을까…… 하다가 뜨거워야 제맛이지 싶어 반죽만 좀 더 해두었다.

—이제 배부른데 뭐하러 반죽은 또 하누.

레드 와인 때문에 입술이 검보랏빛으로 변한 노파가 참견했다.

—한 사람 더 올 거예요.

—또 누가 온다고? 그럴 리가 없는데?

역장의 풀어진 발음이 취기 때문에 천장으로 툭 튀어 올랐다.

—네?

─아니. 내 말은…… 그래, 이 밤에 누가 또 오겠냐구.

─내기하실래요?

─아가씨는 뭘 걸 건데?

─글쎄요. 할아버지는요?

─음…… 내일 아침 열차를 걸지. 내가 이기면 내일 아침에 열차가 오게 될 거야. 아가씨는 시간을 걸어.

─시간이라뇨?

─아가씨가 지면 내게 아가씨의 시간을 삼 년만 주는 거야. 어때?

─맘대로 하세요. 어차피 제가 이길 테니. 할아버지가 지면…… 잠깐만 귀 좀……

역장의 귀에 대고 나는 이랬다. "할아버지가 지면 백 일간 열차가 양진에 안 오게 하기, 어때요?" 끄덕끄덕. 남자와 노파는 마침 와인잔을 들고 건배하느라 내 귓속말을 못 들었다. 노파도 백 일 동안이나 봐야 하는 건가? 큭큭. 자, 슬슬 나가볼까. 남자의 잔에 와인을 채워주고 나는 화장실에 가는 척하면서 주방을 나왔다. 거실을 지나고 천천히, 천천히 현관 쪽으로 향하고 있었다. 당연히 울릴 거라 생각했던 초인종이 울리지 않고 있었다. 대신.

소리 나지 않게 현관문이 열리기 시작했다. 조용한 움직임이어서 주방에 있는 누구도 눈치채지 못했다. 남의 집을 방문하면서 초인종도 누르지 않다니. 일부러 음식까지 준비한 게 좀 억울한 기분이 들었다. 택시 기사는 또 내게 화를 내는 건 아닐까. "이 오밤중에 나를 왜 다시 부르는 거야? 어디 급하게 갈 데라도 있나? 그럼 요금은 따블이야" 하면서 말이다. 그럼 나는 반가운 인사로 화를 풀게 한 다음 주방에 다들 모여 있으니 들어오세요, 라고 말해야지. 맛있는 음식을 나눠 먹으며 우리는 눈도 그친 깊은 밤 내내 즐거운 시간을 보낼 것이다. 우리 집에서 새 나가는 웃음소리 때문에 산짐승들도 잠을 이루지 못하겠지. 완벽하지 않은가. 그런데.

 열린 문으로 낯익은 신발이 먼저 눈에 들어왔다. 고급스러운 양가죽 앵클부츠. 카멜색이 유난히 부드럽게 잘 빠져서 마치 카페라테 위에 얹힌 크림을 생각나게 했던. 발목에 달린 토끼털은 너무나 생기 있어 보여서 떼어다 눈밭에 부려놓으면 금방이라도 신나게 뒹굴 수 있을 것 같았다. 하루 종일 저 신발을 신고 걸어 다닌 걸까. 굽이 아침보다 조금 더 닳아 있었다. 부츠가 끝나는 지점에서 시작된 다리는 매끈하고 가냘팠다. 블랙 스타킹에 휩싸여 있지만 시골 밤의 추위가 고스란히 느껴질 만큼 다리는 가늘게 떨고 있었다. 그리고 그 위의 블랙 알파카 코트. 세련된 라인에 깊은 색감으로 입기만 하면 누구나 귀한 사람이 될 수 있을 것만 같았던.

그 여자다. 미르.

나는 순간 예상치 못했던 일격을 당한 사람처럼 머리가 멍해졌다. 미르의 옷을 입고 미르의 집에서 미르의 남자와 함께 음식을 먹고 있었던 나는 진짜 미르의 모든 것을 탐내는 가짜 미르가 된 기분이었다.

―여기 있었군요. 또 만나네요.

여자의 목소리. 얼음송곳처럼 날카롭게 나를 질책하며 찌르는 것만 같은. 여자는 부드러운 미소를 짓고 있었지만 나는 뭐라 해야 할지 몰랐다. 순간적으로 책장을 돌아다봤다. 중간쯤에 꽂혀 있는 다이어리는 무사했다. 안도했다. 나는…… 여자에게 아주 중요한…… 다이어리를 찾아주기 위해 먼 길을 돌고 돌아온 사람이 아닌가.

다이어리…… 라고 말하려다 말고 문득 여자가 말할 수 없이 미워졌다. 갑자기 여자가 틈입자로 느껴졌다. 이 집 안에서 나와 모두는 완전했다. 하지만 여자의 등장으로 이제 모든 것이 깨져버리고 물거품이 되어버리고, 직격탄을 맞은 건물처럼 한순간에 와르르 무너져 내릴 것이다. 내 시선은 허벅지에서 멈췄고 더 이상 위로 올라가지 못했다. 여자를 똑바로 쳐다보기가 두려웠는지도 모른다. 우리는, 현관을 사이에 두고 다시 만난 우리는 이제 곧 서로 교차하겠지. 나는 교차점을 지나쳐 깊고 어둡고 무서운 밤의 심장으로 들어가야 할 거야. 내가 있었던 자리는 이내 사라지고 여자가 돌아온 집 안엔 다시 원래처럼 적막이 가득 들어차 모든 것들이 숨을 잃고 단단하게 굳어가겠지. 내일부터 이곳에 열차가 백 일 동안 오지 않게 될까. 그럼 나는 오솔길에 숨어들어 이파리가 다 떨어진 나무가 되어갈 것이다. 나무둥치를 감싼 하얀 붕대는 검고 탁하게 더럽혀지겠지.

─ 아침엔 고마웠어요. 그런데 어떻게 당신이 여기에……
여자의 질문에 뭐라 대답해야 하는지 생각하다 말고 문득 여자의 다이어리에서 읽었던 글의 한 구절이 떠올랐다.

"나는 모호합니다. 당신에 대하여. 그리고 다리를 움직여 당신을 떠났듯이 천천히 떠나는 풍경은 언젠가 되돌아와 세상의 모든 어둠을 몽땅 끌어모은 검은 아침을 몰고 올 겁니다."

이제 무슨 말인지 알 것 같았다. 처음과 달리.

*이 글에는 소설 『리스본행 야간열차』 중 일부에서 도움을 받은 생각들이 들어 있습니다.

김
현
영

눈의 물

# 김현영

1973년 안양에서 태어났고 1997년 경인일보 신춘문예와 『문학동네』 문예공모로 등단했다. 펴낸 책으로 소설집 『냉장고』, 『까마귀가 쓴 글』과 장편소설 『러브 차일드』가 있다.

첫눈

— 안나에게

우리 이제부터 친구로 지내.

안나, 너는 말했다. 벌써 7년이나 지난 얘기다. 한때 연인이었던 우리는 그렇게 쉽게 7년 지기가 되어버렸다. 정확히 말하자면 14년 지기겠지. 연인이 되기 전에도 우리는 7년간 친구였으니 말이다. 아무튼 넌 오래도록 혀끝에서 맴맴 돌고만 있었을 그 말을 기어코 뱉어내고야 말았다. 다시 주워 담을 수도 없었다. 아니다. 어떻게 꺼낸 말인데 네가 다시 주워 담을 수 있었겠니. 못 들은 걸로 할 수도 없었던 내가, 다만 내가,

문제였다.

  오래도록 네 심중에 뒀던 말이 아니었다면 못 들은 척하기도 쉬웠을 것이다. 하지만 나는 알았다. 처음부터, 알았다. 너는 단 한 번도 내 친구가 아니었던 적이 없었다. 너의 친구가 아니고자 한사코 눈 감고 귀 막았던 사람이 바로 나였을 뿐. 그러니까 너는 일방적으로 선언한 것이 아니다. 변한 것도 아니다. 어느 눈 내리는 날 하늘을 보며 오늘도 해가 떴다고 말한 것에 지나지 않았다. 비가 오든 눈이 오든 태양은 언제나 그 자리에 있다. 보이지 않는 순간에도 늘 존재하는 것, 그것이야말로 진실이다. 어떤 진실은 대면 자체가 고통이지만 그것이 안나, 너의 진실이라면 나는 괜찮다. 그러니 조금도 미안해하지 마. 내 친구로서 단 한순간도 변심하지 않은 여자가 바로 너니까. 내가 안쓰러운 나머지 한때는 나의 연인까지 되어줬던 너는 진정 의리 넘치는 친구.

  우리 이제부터 친구로 지내.

  너의 그 말을 나는 그래서 받아들였다. 너는 내게 할 만큼 했다. 혹자는 말한다. 연인이었던 사람에게서 친구로 지내자는 소리를 들었다면 그건 이제부터 보험에 들겠다는 말과 다르지 않다고. 요즘 유행하는 표현으로는 어장 관리 당하는 것이라지. 하지만 나는 상관없었다. 내가 있는 그곳이 너의 어장이든 일방적인 보험약관이든. 그렇게라도 너에게 속할 수만 있다면. 연인이 아니어도 여전히 내가 너의 친구일 수 있다니 오히려 고마운 일이었다.

그럼에도 슬프다.

나는 너의 어장 안에 유일한 물고기. 그러니까 너는 애초부터 어장 관리 따위엔 관심도 없었던 것이다. 내가 너의 유일한 친구라는 사실이 내 슬픔의 근원이다. 유일하다는 말은 진짜이자 진심이라는 뜻이니까. 우리가 다시 친구로 지낸 지난 7년간 네가 사랑한 사람도 오직 한 사람, 그 사람뿐이었으니까. 친구로서 내가 그렇듯 연인으로서의 그도 너에겐 유일했으니까. 너의 어장에서 늙고 죽어 다시 태어나지 않는 이상 나는 그가 될 수 없을 테니까. 이렇게라도 너에게 속해 있는 것만이 내가 가질 수 있는 최대한의 너.

안나, 네가 진정 나를 관리하고자 한 때가 있다면 그건 우리가 연인이 되었을 무렵일 것이다. 너에 대한 내 사랑은 농축된 우라늄과도 같았다. 대학교 새내기 시절부터 베스트 프렌드였던 우리가 사귀지 않을 이유는 어디에도 없어 보였다. 우라늄을 탄두에 탑재하는 게 당연한 수순이라 여겼다. 지금 생각해보면 그때의 난 그럴 기술도 없으면서 과대망상에 빠진 핵폭탄 제조자와 별반 다르지 않은 것 같다. 하지만 그때의 난, 믿었다. 군대도 다녀왔고 취직도 했으므로 현실적으로 너를 힘들게 할 건 하나도 없다고. 지금이야말로 고백할 때라고. 친구에서 연인으로 가는 길은 반드시 가야만 하는 길처럼 보였다. 하필이면 안나, 네가 나의 베스트 프렌드였기 때문이다. 세상 모든 친구가 다 연인이 되지는 않는 이유. 그래, 대답할 필요도 없다. 세상 모든 친구는 결코 안나, 네가 아니기 때문이지.

한때에 지나지 않지만 어쨌든 우리는 친구에서 연인이 되었다. 생각해보면 이상한 연애였다. 너라는 친구를 잃고 싶은 나와 나라는 친구를 잃지 않으려는 너의 연애였으니까. 너는 어떻게든 나를 친구로 남겨두기 위해 사랑하지 않음에도 불구하고 연인이 되는 길을 택했다. 모든 사랑엔 끝이 있으니 사랑이 끝나면 다시 친구가 될 수도 있으리란 희망으로 진정한 어장 관리를 한 셈이었다. 혹시나 친구가 연인이 되진 않을까 싶어 관리에 들어가는 혹자들과는 차원이 달라도 한참 다른 너. 그런 친구는 너밖에 없을 거다. 그러니 알려줘. 너를 사랑하지 않을 방법을.

우리 이제부터 친구로 지내.

네가 그렇게 말했던 그날엔 눈이 왔었다. 첫눈이었다. 12월이었고 토요일 밤이었다. 연인이 없다면 급조해서라도 같이 그 눈을 맞아주는 것이 예의로 느껴질 정도로 타이밍 좋은 첫눈이었다. 그리고, 그 말을 듣기 전이었으므로 나는 아직 너의 연인이었다. 망설일 이유는 어디에도 없었다. 너의 연인인 나는 나의 연인인 너를 차에 싣고 눈이 더 푸짐하게 쏟아지고 있다는 바다를 향해 달렸다. 그 전날 직장 상사들 손에 붙들려 무려 4차 회식 자리에까지 연행되었던 터라 피곤해야 당연했는데 전혀 그렇지 않았다. 너를 업고 달려가라면 그럴 수도 있을 것 같았다. 우리가 연인이 되어 맞는 네 번째 첫눈인데도, 나는, 그랬다.

이름 모를 날벌레처럼 희끗희끗 흩날릴 뿐이던 눈은 바다가 가까워질수록 점점 선명한 눈송이로 변해갔다. 마치 비듬 같았다. 격조가 낮은 비유라는 거 안다. 그래도 이해해주렴. 너의 커다란 우정이 마침내 내 사랑마저 받아줬던 오래전 그날 밤, 나는 꿈을 꾸었거든. 내 몸은 머리부터 발끝까지 광채를 내뿜고 있었고 머리에서는 하얗게 빛나는 주먹만 한 비듬이 끝도 없이 툭툭 떨어져 내렸다. 분명 너저분한 장면이었지만 때깔은 참 좋았다. 심지어 성스러운 느낌마저 들었으니 말이다. 다음 날 해몽을 찾아보았지. 가장 커다랗고 오래된 걱정거리들이 싹 사라질 것을 암시하는 좋은 꿈이더군. 그래서 내게는 꿈속의 그 비듬이 세상에서 가장 탐스런 눈송이다. 나의 비듬은 그런 거다. 너에 대한 내 사랑도 어쩌면 그런 거. 듣고 보면 이해 못 할 것도 없지만 어쨌거나 비듬 이야기니 별로 듣고 싶은 사람은 없을 것만 같은.

꼭 그래서만은 아니지만 안나, 나도 굳이 내 사랑에 대해 말하지는 않으려고 해. 내가 말하기 시작하면 너는 더 이상 내게 네 사랑에 대해 말할 수 없을 테니까. 나는 다만 커다란 귀다. 소원을 들어주는 정월 대보름달처럼 귓구멍 한껏 열어두고서 너를, 너만을, 들을 거다. 언제고 너에게 편지를 쓰겠지만 너는 결코 읽을 수 없을 것이다. 너의 어장에 세든 내가 당연히 지불해야 할 월세라고 생각한다. 알다시피 난 꽤 성실한 남자지. 셋돈을 떼먹는 일은 없을 거야, 안나.

깊은 새벽의 그 바다는 눈으로 가득 차 있었다. 투명한 유리구 안에 눈 내리는 마을 하나를 온전히 품고 있는 스노우볼, 그 안에 들어온 것 같았다. 눈의 기원이 바로 거기였다.

올해 첫눈은 내가 쏜다! 우리 안나가 다 가져라!

나는 제법 통 크게 외쳤다. 검디검은 바닷속으로 흔적도 없이 사라지는 눈송이를, 보고도 못 보며. 기상청에서 예보한 대로 눈은 푸짐하게 쏟아졌지만 바다 위로 눈이 쌓이는 일은 일어나지 않았다.

올해 첫눈은…… 1월에 왔어, 정확히 말하자면.

아, 그야 물론…… 그래, 정정한다. 올해가 아니라 올겨울.

됐지?

 말꼬리 잡는 취미 따위는 없던 네가 그런 반응을 보일 줄은 몰랐다. 그렇다고 내가 당황했던 것 같지는 않다. 가슴 전체가 빙판이라도 된 양 짜르르 금이 갔을 뿐. 그러니까 나는, 알았던 거다. 언젠가는 오고야 말 그날이 왔다는 사실을 말이다.

 올해든 올겨울이든 마찬가지야. 해마다, 겨울마다 내리는데 도대체 뭐가 처음이라는 걸까? 기억해야 할 눈은 이게 아닌 것 같아.

 안나, 네 말이 맞다. 사시사철 눈만 뜨면 보이는 것이라곤 눈뿐인 곳에 살거나 눈이라고는 눈을 씻고 찾아봐도 구경조차 할 수 없는 지역에 사는 사람에게 첫눈이 무슨 의미가 있겠니. 첫눈 오는 날도 지긋지긋한 일상 가운데 하루일 뿐이고 눈이라는 말 자체가 뜬구름 잡는 소리에 불과할 테니 말이다.

 하지만, 안나.

 눈이 너무 많든 아예 없든, 주기적이든 간헐적이든, 오늘도 어딘가에선 눈이 내리고 있어. 그게 언제였는지는 모르지만 이 우주에 최초로 눈이 내렸던 바로 그날이 없었더라면 오늘, 그 어디에도 눈은 내리지 않았을 거야. 나에게 첫눈이란 그런 것이다…… 나의 안나.

 첫눈 오는 날 만나는 거 그만하자. 우리 이제부터 친구로 지내.

검디검은 바다가 삼키는 희디흰 눈송이를 보며 너는 말했다. 너의 머리에도 어깨에도 눈이 쌓이는가 싶으면 이내 사라져버렸다. 그렇게 우리 다시, 친구가 되어버렸다. 첫눈이 조금만 더 일찍 내렸더라면 너는 하루라도 빨리 그 말을 할 수 있었을 텐데. 그해의 첫눈은 타이밍이 참, 안 좋았다.

여전히 일주일에 한 번은 만났지만 같이 밤을 보내는 일은 더는 없었다. 한 달에 한두 번쯤 만나게 됐을 땐 가벼운 스킨십조차 하지 않았다. 서로에게서 선물받은 물건들을 실수로라도 들고 나가는 일은 없었다. 우리는 냉정하고 성실하게, 차근차근 친구로 되돌아갔다. 혹자들은 말한다. 연인이었다가 친구가 되면 좋은 점. 이미 줄 거 다 주고 받을 거 다 받았기에 뻔뻔해질 수 있다고. 연애에 반드시 수반되는 감정노동 따위 하지 않고도 편하게 욕망만 채워도 되는 사이라고. 그런 휴식처를 갖는 것도 행운이라고. 하지만 우리는 그것이야말로 인간관계의 막장이라고 생각했다. 그래서 더 냉정하고 성실하게 친구로 되돌아갔다.

우리는 이제 간헐적으로 만난다. 진짜 친구가 된 것이다. 주기적인 만남이란 달리 말해 아직도 관리가 필요한 작위적인 사이라는 뜻이니 말이다. 그리고, 그 어떤 친구에게도 하지 못할 말을 마침내 너는 내게 하기 시작했다. 내가 너의 친구가 아니었다면 하지 않았을 이야기. 그러니까 네가 사랑하는 그에 관한 이야기. 내가 너의 친구가 아니었다면 듣고 싶지 않았을 그 얘기를 듣기 위해 내 몸은 온통 귀가 되었다.

  오늘, 올해의 첫눈이 내렸다.

  너는 7년 만에 나와 함께 첫눈을 맞았다. 지난 7년간 네 사랑은 그가 유일했다. 그러나 네가 그와 함께 첫눈을 맞은 적은 단 한 번도 없었다. 별로 놀랍지 않았지만 기쁘지도 않은 이야기였다. 7년이나 내가 양보했는데. 나쁜 자식.

  늙나 봐. 이깟 게 뭐라고.

  너는 말했다. 나는 안다. 철없는 나와 달리 넌 첫눈 따위에 가슴 설레는 사춘기 소녀가 아니라는 사실을. 네가 성숙한 여인이 아니었다면 그런 나쁜 자식을 사랑하지도 않았을 테지. 늙어서가 아니다, 안나. 정말로 배가 고프지 않아서 먹을 걸 원치 않았다고 해도 말이다, 7년이나 굶으면 그가 누구라도 배가 고픈 거다. 굶으면 다이어트에 성공하는 게 아니라 죽는 거다. 너는 다만 죽지 않기 위해 내게 왔다. 혹자들이 말하듯 네가 이기적이어서가 아니다. 살고자 하는 건 본능일 뿐이야. 안나, 살아야 한다. 네가 그만두고 싶은 그날까지 사랑해야 한다. 난 이미 그러고 있잖아. 너도 그래야 공평하지. 내가 너의 친구이기에 너를 죽음에 이르지 않게 할 수 있어서 다행이었다. 그러려고 나, 오늘까지 너의 어장에서 홀로 살아 있었나 보다.

안나, 내년에는 네가 사랑하는 그와 함께 첫눈을 맞기를. 여전히 철부지라 그런지 모르겠지만 내 경험에 따르면 사랑하는 사람과 함께 첫눈을 보는 일만큼 설레는 일도, 없다.

우리가 연인이 되었을 때 나는 사랑을 이뤘다고 생각했다. 내가 많이 사랑하니 결국 너도 날 사랑할 수밖에 없었던 거라 믿었다. 그러나 한쪽이 사랑하면 다른 한쪽도 꼭 사랑해야 하는 걸까. 네가 아직 나의 연인이 아니었을 때부터 나는 너를 사랑했다. 그러니 지금, 여전히 나의 연인이 아닌 너를 내가 여전히 사랑하는 건 전혀 이상한 일이 아니다.

우리가 다시 친구가 되던 날의 그 바다를 종종 떠올린다. 아니다. 다시 친구가 됐다는 말은 맞지 않다. 널 처음 사랑하게 된 그때로 돌아간 것이니 다시 또 널 처음처럼 사랑할 수 있게 된 날이라고 해야겠다. 그날 내린 첫눈은 바다 위로는 결코 쌓이지 않았지. 쌓이진 않았지만 안나, 그 눈이 어디 갔으려고. 향신료처럼 뿌려지던 그 눈 덕분에 바다의 맛이 조금은 깊어졌겠지. 그게 다겠지.

나의 친구, 안나.

비듬이 눈처럼 날린다는 표현은 흔히들 쓰지. 그럼 눈이 비듬처럼 날렸다는 말도 그다지 격조가 떨어지는 비유는 아니지 않을까. 우정 때문에 잠시나마 나의 연인이 되어줬던 너도 있는데 너를 위해 친구가 되는 일쯤은 아무것도 아닌 거다.

안나, 나의 친구.

나는 이제야 너를 친구라 부른다. 네가 원하지 않는다면 영원히 너를 사랑하지 않을 것이다. 사랑하는 건 어디까지나 너의 몫. 그리고 당연하게도 나는 네가 아니다, 안나. 내가 아는 사랑법은 그게 전부다. 어쨌거나 나의 첫눈은, 비듬처럼, 쏟아졌기에.


폭설
― 나무에게


너의 생일과 나의 생일, 우리가 처음 만난 날, 밸런타인데이와 화이트데이, 크리스마스와 연말연시, 종종 연휴이게 되는 명절과 국경일…… 그리고 또 언제가 있을까, 우리가 결코 만나지 않는 날. 그래, 오늘. 정해진 날짜는 없지만 언젠가는 닥치게 마련인, 하지만 꼭 하루뿐인, 첫눈 오는 날.

극장과 영화관, 전시장과 공연장, 카페와 레스토랑, 테마파

크와 쇼핑몰, 사찰과 명승지, 야구장과 경마장, 해운대와 설악산, 윤중로와 청계천, 상수동과 가로수길…… 그리고 또 어디가 있을까, 우리가 결코 가지 않는 곳. 그래, 나의 집. 그리고 너의 집.

그래도 우리에겐 갈 곳이 하나 있지. 오늘이 바로 그런 날만 아니라면.

우리가 갈 수 있는 유일한 그곳에 우리는 오늘 가지 못했어. 올해의 첫눈이 오늘, 내렸으니까. 몇 번째 애인인지 이제는 헤아리기도 어렵지만 어쨌든 오늘 너의 그녀는 오늘 너의 사랑. 그러니 첫눈은 당연히 그녀의 것이지. 그녀와 너의 것이지. 7년 전의 그 봄날. 봄이었는데, 화사한 봄날이어야 마땅한데, 때아닌 폭설이 쏟아졌어. 지금까지도 거기 갇혀 있는 내게 첫눈이란, 그래, 네 말대로야. 물에 물 타기. 눈 위에 눈. 그래봤자 눈. 겨우, 고작, 눈.

언제나 내리다 마는 데 그치는 첫눈 정도가 추가된다고 해서 이미 폭설인 이곳의 풍광이 크게 달라지진 않을 거라고 너는 말했지. 그런 주제에 은근슬쩍 자꾸 더 쌓여봤자 점점 더 나빠지기만 할 뿐이라고. 여전히 폭설에 갇혀 있는 나, 영원히 갇혀서는 안 될 거라고.

그 봄날. 비가 올 거라 했지 눈이 올 거란 예보는 없었어. 꽃이라면 모를까 눈을 기다리는 사람은 아무도 없었지. 봄이란 마땅히 그래야 하는 계절이니까. 고급 사양의 몇몇 모범택시 빼고는 대부분 내비게이션 같은 건 달고 다니지도 않던 시절이었지. 그런 게 있는지도 모르는 사람이 물론 더 많았고 말이야. 그 한 시절, 나는 내비게이션이 되어야 했어. 때가 되면 닥치는 휴일과 휴가철마다 어디든 가야 함에도 불구하고 갈 곳 몰라 하는 직장인들을 위한 내비게이션. 테마가 있는 국도 여행, 뭐 그런 콘셉트로 자동차 회사 사보에 일 년 정도 기사를 실었으니까. 7번 국도를 따라 남하해야 했던 그 봄날엔 항상 같이 취재를 다니던 사진기자 대신 네가 나타났어. 말하자면 너는 대타였던 거야. 그 계절에만 만났어야 할, 7번 국도를 다 달리고 나면 더는 유효하지 않은 그런 사람.

 푸른, 하늘, 초록, 그리고…… 나무라고 했어. 푸른은 형, 하늘과 초록은 누나, 그리고 너는 나무. 재미있고 신기하고 이상한 이름들이었어. 이름 때문에라도 주목받지 않은 적이 없다고 했어. 너는 김나무. 흔하디흔한 김씨였지만 이름이 나무인 탓에 종종 김씨가 아니어야 했지.

 감나무, 전나무, 배나무 정도면 괜찮죠. 어쨌거나 근본은 있으니까. 아, 오얏나무도 추가예요. 오얏 이李! 근데 항상 뽕나무, 졸참나무, 배롱나무까지 간단 말이죠. 뽕씨, 졸참씨, 배롱

씨는 좀 너무하지 않아요?

  너는 투정 부리듯 말했고 나는 숨이 넘어가라 웃었어. 그렇게 웃긴 얘긴 들어본 적이 없었거든. 사실을 말하자면…… 잘 모르겠어. 웃긴 얘기라 웃었던 건지 네가 내게 들려주는 너의 이야기이기에 웃을 수밖에 없었던 건지.

  너무하긴요. 덕분에 이 세상의 모든 나무가 다 되어봤잖아요. 안 그래요?

  그렇긴 해도 말이죠, 사람들이 하도 이 나무 저 나무 해대니까 이젠 이런 생각이 다 들어요. 아, 나는 나무구나. 그냥 나무구나. 그러니까 나는 그냥 '나, 무'였구나.

  어머 썰렁해라. 설마 그게 유머?

  나, 팔뚝에 돋지도 않은 소름을 쓸어내리는 시늉을 하긴 했지만 이미 나무, 너의 말장난에 빠져버린 뒤였어. 나무가 '나, 무'라면 그럼 나는 '안, 나'인 걸까. 나는 내가 아니란 걸까. 언제부터 나는 내가 아니었을까. 내가 아니라면 나는 무엇일까. 나도 모르게 그런 생각, 하고 있었거든. 참 이상한 사람이다. 꼭 외계인 같다…… 그렇게 너를 처음 내 안에 담았다 생각했었는데 지금 돌이켜보니…… 그래서였나 봐. 우린 그래서 만났나 봐. 너는 존재하지 않는 존재. 그런 너와 만날 수 있는 사람은 나 아닌 나밖에 없었던 건가 봐. 그 봄날에 쏟아진 폭설에 갇힌 사람도 그러니까 내가 아니야. 영원히 갇혀 있게 되더라도 난 상관없어. 나는 '안, 나'니까.

기점으로 삼은 고성에 도착했을 때만 해도 하늘은 막 닦아놓은 거울처럼 반짝였지. 눈은커녕 비가 올 거란 일기예보조차 오보가 될 게 틀림없는 하늘이었어. 아, 날마다 하늘이 파래요. 뜬금없이 그런 문장이 떠올랐어. 오래전에 읽었던 어떤 소설의 여주인공은 날마다 일기를 썼어. 그 일기의 첫 문장은 항상 똑같았지. 아, 날마다 하늘이 파래요. 그녀는 사랑에 빠져 있었거든. 그녀가 보았던 하늘을 나도 그날, 보았던 거야. 장엄하고 비장하고 애련할 줄 알았던 그 순간이 실은 그토록 유치할 뿐이라는 사실도 나는 받아들였어. 아무래도 좋았던 거야, 난. 도로를 타고 남하하는 우리의 왼편으론 종종 바다가 누워 있었으니까. 덕분에 나는 줄곧 바라볼 수 있었으니까. 나의 왼편에서 너의 픽업트럭을 몰고 있던 너의 프로필을.

하늘이 얼룩덜룩해지기 시작한 건 양양에서부터였어. 내 눈엔 여전히 파랗게 보였지만 말이야. 강릉쯤에선 하늘이 아예 사라져버렸지. 산산이 부서진 거울의 잔해가 지상으로 마구 쏟아져 내렸으니까. 봄꽃의 개화 소식을 들은 게 엊그제인데 웬 눈이냐며 깜짝 선물이라도 받은 양 득의만만했던 우리는 순식간에 얼어버렸어. 말 그대로 장난이 아니었어, 그 눈은.

컵에 물을 따르듯 눈이 차오르고 있는 게 훤히 보였으니 말이야. 너의 픽업트럭보다 눈이 쌓이는 속도가 훨씬 빨랐지. 봄꽃 구경이나 떠나야 할 봄날, 월동 준비라곤 당연히 되어 있지 않았던 자동차들이 일제히 제자리걸음을 시작했어. 헛바퀴 도는 차들이 속출하는데도 제설차는 나타나지 않았어. 제아무리 제설차라 해도 일기예보조차 없었던 그 눈을 헤치고 달려오기에는 역부족이었던 거야. 발 빠른 장사꾼들이 스노우 체인을 다 팔아치웠을 때쯤 제설 작업이 시작되었지. 하지만 제설이란 말이 무색할 만큼 눈은 치우기 무섭게 쌓이고 또 쌓였어. 제설이 아니라 새로 눈이 쌓일 자리를 만들어주는 셈이었지. 취재는 고사하고 7번 국도의 종점인 호미곶까지 마냥 내달리는 일조차 불가능해졌다는 사실을, 우리는 알았어.

그래도 우리는 포기하지 않았어. 심지어는 그 와중에 고개도 넘었잖아. 폭설이 아니었다면 20분 만에 통과했을 그 길을 20분의 18배인 여섯 시간이나 허비해가며. 우리를 마지막으로 그 고갯길은 폐쇄되었지. 애초 일정대로 취재할 수 없다는 사실을 빤히 알면서도 우리는 끝끝내 억지를 부렸던 거야. 우리는 다만 일하는 중이라고. 그래야만 한다고.

하지만 차창 밖은 이미 화이트아웃.

산도 나무도 이정표도 도로도 자동차들도 온통 하얗기만 해서 뭐가 뭔지 구분이 되지 않았어. 솔직히 무서웠어. 소실점이 사라져버린 차창 밖 세계는 더 이상 내가 존재할 수 있는 3차원의 공간이 아니었으니까. 2차원의 평면이거나 혹은 4차원의 시공간이었지, 그곳은. 새로운 차원에 맞추지 못한다면 나란 존재가 화이트아웃 되는 것도 시간문제일 것 같았어. 차선이 사라진 탓에 미처 깨닫지 못했지만 어쩌면 우리 그때 역주행했는지도 몰라. 폭설에 파묻혀 보이지 않는 중앙선을 수차례 넘나들면서도 줄곧 정주행만 했다고 착각했는지도. 네 잘못은 아니야. 너는 그저 대타였잖아. 픽업트럭의 핸들은 네가 쥐고 있었지만 그래도 내 마음의 핸들만은 내가 쥐고 있었어야 했는데. 그때 내게는 오래도록 나만 바라보고 있던 연인도 있었는데. 그 봄날의 나, 왜 그렇게 내가 아니어야만 했을까.

화이트아웃은 네게도 영향을 미쳤어. 너, 눈이 부시다고 했어. 이대로 가다간 곧 실명해버릴지도 모르겠다고. 그제야 우리는 고속도로를 찾아 기어갔지. 다만 일하는 중이라며 억지를 부리는 일도 그만두고 우리가 만나기 전의 처음 그 자리로 돌아가기 위해. 하지만 끝끝내 우리는 돌아가지 못했어. 고속도로는 아예 진입 금지. 예보도 없었는데 심지어 불가항력적으로 쏟아지는 눈 때문에 고속도로도 더는 고속도로일 수가 없었으니까. 그 봄날. 자기 자신으로 존재할 수 없었던 것들은 나 혼자만이 아니었어. 나뿐만 아니라 그날은 그러니까 모두가 '안, 나'였던 거야. 면죄부가 될 순 없겠지만 그래도 그게 내게는 유일한 위로.

7번 국도도 고속도로도 아닌 새로운 길을 우리는 찾아 나서야 했어. 아, 새로운 길이라니. 참 말도 안 되는 말. 우리는 그저 난데없는 봄날의 그 폭설이 어딘가에 열어뒀을지도 모를 길을 찾아 오직 그 길밖에 갈 수 없었는데. 설사 지뢰가 묻혀 있다 해도, 그 사실을 빤히 알았다 해도 그 길밖에 길이 없었는데.

그렇게 우리, 그곳에 들어갔지. 그럴 수밖에 없었지. 내 눈에 담긴 하늘이 여전히 파랗게 빛난다 해도 현실적으론 폭설을 치울 수도, 어둠을 밝힐 수도 없었으니. 이른 아침부터 밤까지 차 안에 갇힌 채 아무것도 먹지 못한 우리의 허기를 채울 수도 없었으니. 이미 깊어버린 밤. 배가 부른 것은 너의 픽업트럭뿐이었어. 그곳에 차를 세우고 나와보니 짐칸엔 눈이 한가득. 그날의 폭설을 전부 짊어진 채 우리는 거기까지 가버린 것이었어.

폭설에 발이 묶인 사람들이 넘쳐났기에 우리는 그들과 방을 나누어야 했지. 기꺼이 그들과 나누었기에 우리끼리는 더 이상 나눌 것도 없었어. 1101호. 난데없는 봄날의 그 폭설이 유일하게 열어두었던 길의 종착지. 그곳에서 나, 나무를 심었지.

내게 있는 줄도 몰랐던 내밀한 나의 장소에. 배나무도 아니고 졸참나무도 아닌 너, 감나무를.

 폭설은 계속되었어. 커튼이 드리워진 창문은 스크린이 되어 밤새도록 눈의 그림자를 상영해주었지. 실제 눈송이보다 서너 배는 더 커 보이는 눈 그림자들은 누군가 실수로 쏟아버린 낱말 카드처럼 보였어. 이상하게 눈물이 났어. 내가 알지 못하는 세상에 존재하는, 그래서 결코 읽을 수 없는 아주 낯선 낱말들이 적혀 있을 것만 같았거든. 내 눈에 널 담은 순간 하늘은 막 닦아놓은 거울처럼 반짝반짝 빛났는데. 그 하늘은 여전히 파랗기만 한데. 내 눈물은 어디서 비롯된 것이었을까.

 폭설의 다음 날도 폭설이었어. 전날 폭설로 포식을 했던 너의 픽업트럭이 이번에는 폭설에 반쯤 먹혀버린 상태였어. 당연히 바퀴는 모조리 눈에 파묻혀버렸지. 말 그대로 발이 묶인 것. 우리는 픽업트럭과 운명을 함께하기로 했어. 간밤에 잠도 부족했는데 잘됐다며 너는 심지어 쾌재를 불렀던가. 그렇지만 잠은 아마도 또 부족하게 될 거라며 악동처럼 웃었던가. 그래, 네 말대로였어. 포클레인까지 동원해 눈을 치우고들 있었으니 그곳을 떠나려면 떠날 수도 있었어. 하지만 우리는 나흘이나 그곳에 머물렀어. 그곳에만, 있었어. 그래, 폭설이 나를 그곳으로 데려간 게 아니야. 그곳에 가기 위해 나에겐 폭설이 필요했던 거야. 폭설에 나를 가둔 사람도 그러니까 나였던 거야. 내가 심고픈 나무는 오직 김나무, 뿐이었으니까. 하필이면 네가 바로 그 김나무였으니까.

그런데 너는, 너는 도대체 왜 그랬던 거니? 너는 그때 어떤 나무였니?

너는 말했어. 단 한 번도 김나무였던 적, 없다고. 김나무가 아니기에 김나무가 줄 수 있는 사랑 같은 건 없다고. 옻나무쯤으로 치부해버리라고 했어, 너는. 그러니까 이 모든 건 다만 옻이 오른 고통. 결코 사랑이 아닌.

그곳에서 돌아온 뒤 우리는 주기적으로 만났어. 제어할 수 없는 사랑의 열망만이 궤도를 이탈하게 할 수 있는 법인데 우리는 사랑이 아니었으니까. 사랑이 아니라는 사실을 주기적으로 확인시켜줄 필요가 있었으니까. 우리는 오로지 그곳에서만 만났어. 그곳은 어디에든 있었어. 어디에도 없는 특별한 장소에 우리가 가야 할 이유는 없었어. 우리는 연인이 아니었으니까. 너의 일상과 꿈, 너의 미래와 결핍…… 그 어떤 것도 너는 말해주지 않았어. 나의 일상과 꿈, 나의 미래와 결핍…… 그 어떤 것도 너는 묻지 않았어. 우리에겐 함께해야 할 그 어떤 현실도 없었으니까. 그래도 너에겐 항상 사랑이 넘쳐났지. 너를 설레게 한 수많은 애인들이 있었지. 우리가 나눌 수 있는 얘기는 그녀들에 관한 너의 이야기, 뿐이었지. 우리는, 아무것도, 아니었으니까.

  너에게 내가 있듯 내게도 나 같은 사람이 있다면…… 아, 에둘러 말하진 않겠어. 내게도 섹스 파트너라는 게 있다면, 있어야만 한다면, 그건 결코 네가 아닐 거야. 그는 내가 절대 사랑하지 않는 사람이어야 할 거야. 혹시라도 그가 나를 사랑하게 된다면 오히려 귀찮은 생각이 들 것 같은 꼭 그런 사람이어야만 할 거야. 그래, 너에겐 내가 꼭 그런 사람이지. 그래서 난 널 사랑할 수 없지. 사랑 따위로 널 귀찮게 만들 수는 없으니까.

  하지만 난, 설사 그런 사람이 있더라도 그럴 수 있을까? 여자에게 섹스란 무엇일까? 사랑받고 싶은 마음. 사랑을 잃지 않으려는 안간힘. 사랑에 대한 예의. 그러니까 그 자체로는 목적이 될 수 없는 것. 그래서 때론 거짓인 것. 가짜 교성. 가짜 희열. 진짜는 언제나 사랑받고 싶은 마음. 사랑을 잃지 않으려는 안간힘. 사랑에 대한 예의. 그러니 설사 그런 사람이 있더라도 난 그럴 수 없는 여자. 물론 모든 여자가 나 같진 않겠지. 어떤 여자는 꼭 너와 같을 수도 있겠지. 하지만 난 그럴 수 없는 여자이기에 그런 사람, 필요 없어. 너에겐 내가 필요할지 몰라도 나에겐 나 같은 사람…… 필요 없어. 그러니까 나, 필요해서 널 만나는 게 아니야. 너이기에 만날 수밖에 없는 거야.

눈의 물 191

사랑 따위 너는 결코 주지 않겠지만. 어쩌면 넌 정말 옻나무에 불과한지도 모르겠지만. 그럼에도 불구하고 그게 바로 너. 그래서 나도 너처럼 모든 게 섹스 때문인 양. 때론 너를 안심시킬 가짜 교성과 가짜 희열도 함께. 하지만 진짜는 언제나 눈물, 눈물. 난데없이 쏟아진 봄날의 그 폭설에 갇혀버렸어, 난.

사랑은 없다, 너는 말했어. 네 눈앞에 있는 날 사랑한다면 사랑은 지금 여기 있는데. 영원한 사랑은 없다, 너는 말했어. 누군가가 널 버려도 네가 버리지 않는다면 네가 바로 영원한 사랑인데. 사랑이 넘쳐날 수밖에 없는 너의 속사정, 조금은 알 것 같았어. 사랑이 너무 많아 하나만 갖는 게 불가능한 세상 속에서 잠시나마 눈 붙일 곳, 필요했겠지. 잠들었으니 가끔은 꿈도 꾸었겠지. 그래서 너는 꿈꾼다치고 날 만난 것이겠지.

나를 만나는 그동안이 네가 꿈을 꾸는 시간. 하지만 네가 꿈에서 깨면 난 어디에 존재해야 하는 걸까. 현실이 아닌 다만 꿈속에서 나를 아프게 했을 뿐이지만…… 너는 아니? 그곳이야말로 내가 살고 있는 유일한 현실이라는 것을. 너의 꿈속에서 7년을 사는 동안 나, 서른일곱이 되었어. 나의 현실에 들어와본 적 없는 넌 실감할 수 없겠지. 더구나 넌 이제 서른셋. 그리고 남자.

서른 살 무렵 보았던 어떤 영화가 있어. 30대 여자들의 사랑과 우정에 관한 영화였지. 서른여덟을 앞두고 그녀들은 결정을 해야 했어. 자신들의 인생에 아이를 포함해야 할지 말지를. 같은 30대임에도 서른 살인 나는 알지 못했어. 굳이 포기하지 않는 이상 여자에게 아이란 당연히 주어진 가능성이었으니까. 이제야 알 것 같아. 여자의 몸은 아이를 가질 수 있지만 언제까지나 그럴 수 있는 건 아니야. 가능성조차 가능하지 않은 순간이 곧 오고야 마는 거야. 그러니 가능성이 있을 때 결정해야 하는 거야. 내 삶을 내가 산다는 건 그런 거니까. 여자에게 서른여덟이란 바로 그런 나이니까. 며칠 안 남은 올해가 가고 나면 나도 그 나이. 너의 아이도 갖지 못한 채. 너의 아내도 되지 못한 채. 여전히 너의 애인조차 되지 못한 채. 이제 나도 선택을…… 해야겠지……

오늘, 올해의 첫눈이 왔어. 심상한 첫눈답게 쌓이다 말았지. 순식간에 물이 되어버렸지. 쌓이면 단단한 얼음벽이 되기도 하는 눈이 한편으론 그저 물이었어. 아직 얼지 않은 얼음, 울지 않은 울음…… 그런 게 눈이었나 봐. 내 눈에 너를 담은 그 순간부터 내 눈은 다만 물이었나 봐. 내 눈에 담긴 너, 그렇게라도 조금씩 흘려보내라고.

깨끗하게 닦아놓은 거울 같았던 그 하늘은 지금도 여전해. 거기 비친 너를 어떻게든 이해하고 싶었는데 이젠 그만해야겠

눈의 물

어. 나의 논리 안에 들어 있지 않은 것들을 내가 무슨 수로 이해할 수 있을까. 내가 이해하든 못하든 너는 다만 너. 네가 내 눈앞에 있는 동안 그저 바라볼 수밖에. 미루나무 옆을 지나가는 시냇물처럼. 흐르는 물처럼. 넌 때때로 수면에 투영되기도 하겠지만 널 가지고 가지는 못할 거야. 넌 그대로야. 다만 내가 흐를 뿐.

내 눈에 너를 담은 그 순간, 내 눈은 이미 물이었어. 네가 누군지도 모르면서 널 사랑했어. 이해 못한 채 사랑했으니 영원히 널 이해하지 않을 거야. 달라질 건 없어. 나, 제법 옻 타는 사람이 되리란 것 말고는.


설산
— 아무나 혹은 누군가에게


푸른 하늘의 아버지는 한 사람입니다. 초록 나무의 어머니도 한 사람입니다. 달리 말해 푸른 형과 하늘 누나는 어머니가 같지 않습니다. 초록 누나와 나의 아버지도 다른 사람입니다. 또 다른 말로 얘기해볼까요. 하늘과 초록과 나무는 각각 다른 아버지, 그러나 같은 어머니의 자식들입니다. 푸른 형의 어머니가 누군지 우리는 모릅니다. 하지만 그런 건 중요하지 않습니다. 우리는 어쨌거나 푸른에서 시작된 형제들입니다. 푸른이 먼저 있었기에 자연스레 그다음은 하늘이 되었던 것이니까요.

유전자를 최대 50%, 최소 0% 공유하고 있을 우리 형제들은 생김새만으론 별로 비슷한 구석이 없습니다. 하지만 우리의 이름은 우리가 같은 별자리에 속해 있음을 표명해줍니다. 외따로 존재해도 상관없었을 우리는 작명을 통해 서로 간에 연속성을 지닌 필연의 존재가 되어버렸습니다. 우리의 이름을 지어준 사람은 어머니였습니다. 내 어머니는 그런 사람인 것입니다.

어머니는 자신이 쓰는 동화만큼이나 천진하고 사랑이 많은 여자였습니다. 그 진심을 잘 알았기에 우리는 누구도 불평하지 않았습니다. 불평할 틈도 없었습니다. 천진한 어머니의 아이들은 빨리 어른이 되어야 했습니다. 사랑만큼 많은 사랑의 이면도 감내해야 했습니다. 생김새가 다른 우리, 이름마저 불연속적이었다 해도 형제일 수밖에 없었을 겁니다. 어쨌거나 우리는 한 어머니 손에서 함께 자랐으니 말입니다.

남다른 가족 구성이었지만 어머니 안에서 우리는 행복했습니다. 진심입니다. 상처가 없진 않았지만 그건 집 밖에서의 일이었습니다. 나는 그래도 막내라 괜찮았습니다. 아버지가 바뀔 때마다 성씨가 바뀐다거나 형제 중에서 혼자만 다른 성씨를 가져야 하는 경험은 하지 않아도 됐으니까요. 어머니의 동화는 순수하다 못해 유치한 경우가 더 많긴 했지만 우리가 상처 받았을 때마다 어머니는 반드시 우리를 치유해주는 그런 동화를 써주셨습니다. 덕분에 우리는 자신을 객관화할 수 있었고 또래들보다 조금은 더 성숙할 수 있었습니다.

다른 아버지들에 대해선 잘 모릅니다. 내가 아는 아버지는 내 아버지 한 사람뿐입니다. 내 눈에 비친 어머니는 정말로 아버지를 세상에서 가장 사랑하는 것처럼 보였습니다. 나중에 다른 형제들에게 들어보니 그들도 그랬다더군요. 그러니까 어머니는 각각 다른 사람들을 마치 처음인 양, 그리고 마지막인 양 전심을 다해 사랑했던 것입니다. 사랑하니까 당연히 결혼했고 사랑하니까 당연히 아이를 낳았던 것입니다.

한 사람의 인생에서 그런 사랑이 몇 번이나 가능한지는 모르겠습니다. 그런 사랑이 여러 차례 올 줄 알았다 해도 어머니가 과연 같은 선택을 했을지, 그것도 잘 모르겠습니다. 이제는 어머니에게 물어볼 수조차 없으니 답을 찾는 일은 오로지 나의 몫입니다. 많은 사랑을 목격했으니 누구보다 사랑에 대해 잘 알 것 같지만 그래서 더 사랑에 대한 의문이 많은 사람. 난 겨우 그런 사람입니다. 바라는 게 있다면 그것이 다만 사랑의 습관만은 아니었기를.

어머니가 실족사 했던 산에 지금, 와 있습니다. 이번에 맡은 프로젝트가 하필이면 그렇습니다. 반년에 걸쳐 각국의 설산을 파인더에 담을 예정입니다. 시간이 촉박하긴 하지만 혼자 하는 일도 아니고 소위 말하는 아트도 아니니 이번에도 무난하게 완수할 수 있을 것 같습니다. 아웃도어 용품 매출이 급신장하고 있다고 합니다. 의류와 장비만으론 이제 더 이상 아마추어와 프로를 구분할 수도 없다고 합니다. 요컨대 대세는 아웃도어 용품 시장의 고급화라는 얘기겠지요. 오더를 준 기업에선 그런 추세에 발맞춰 내년 겨울, 설산 등반용으로 특화된 새로운 브랜드를 론칭할 계획이라고 했습니다. 시장 선점을 위한 대규모 론칭쇼도 준비 중이라지요. 설산을 찍은 사진들도 3D 작업을 거친 후 그때 공개가 될 예정입니다. 나답지 않게 일 얘기를 길게 늘어놓는 이유는, 이런 식으로 오더를 받아 하는 일이 나로선 꽤 만족스럽기 때문입니다. 셔터를 누르는 손은 분명 내 손이지만 순간 포착된 그 풍경은 내 것이 아니니까요. 사진을 찍기 위해 굳이 나의 눈으로 어떤 풍경을 보아낼 필요가 없으니까요. 이 일은 클라이언트의 눈이 본 것을 대신 찍어주는 것에 지나지 않습니다. 내가 찍었지만 내 안에 남겨둘 필요는 없는 풍경들인 것입니다. 나라는 인간은 아무거나 원하는 것을 찍어 오라면 분명 아무것도 찍지 못할 겁니다. 그런 식의 오더는 없다는 사실이 천만다행이지요.

　아시다시피 한반도엔 만년설이 존재하지 않습니다. 설산을 아무 때고 볼 수는 없다는 말입니다. 얼마 전 큰 눈이 내려주었으니 기회는 지금입니다. 저 설산의 풍경을 오늘 반드시 담아 가야 합니다. 그런데 어쩐 일인지 작업을 시작조차 못하고 있습니다. 설산을 봐야 하는데 자꾸만 설연에 눈이 갑니다. 작업이 안 되는 걸 보니 설연을 보는 이 눈이 클라이언트의 눈은 분명 아닌 듯합니다. 그렇다면 지금 이 눈은 누구의 눈인 걸까요? 어머니? 당신? 설마 나?

　어느 봄날. 난데없는 폭설이 쏟아졌던 때가 있습니다. 폭설에 고립되어 나흘을 지낸 적이 있었습니다. 자발적인 고립이었습니다. 나로선 꼭 확인해야 할 것이 있었고 그러려면 시간이 필요했기 때문입니다. 나는 그때 폭설 속으로 뿌리를 내려 버리고 싶었습니다. 그런 확신이 든 건 처음 있는 일이었습니다. 확신을 믿을 수 없어 확신이 불신이 되기를 기다려야 할 지경이었습니다. 하지만 그런 일은 일어나지 않았습니다. 오히려 더 확고해지는 확신이 두려워 나흘 만에 나는 폭설에서 탈출해버렸습니다. 제아무리 확신이라 해도 전적으로 믿을 수는 없습니다. 이 세상에 영원한 확신이란 없으니까요. 다만 확신하는 그 순간만이 존재할 뿐. 그 순간은 말 그대로 순간일 수도, 나흘일 수도, 혹은 10년일 수도 있을 겁니다. 하지만 영원할 수 없다는 점에선 모두가 순간에 지나지 않습니다. 비겁하게도 난 그렇게밖에 생각할 수가 없습니다.

  한 여자가 있었습니다. 그녀를 사랑하는 한 남자도 있었습니다. 남자는 여자를 너무도 사랑했습니다. 아무도 만지지 말라며 여자의 두 팔을 잘랐습니다. 아무에게도 가지 말라며 두 다리마저 잘랐습니다. 남자가 원한 대로 아무것도 만질 수도, 아무 데도 갈 수 없게 된 여자는 오직 남자만 바라보았습니다. 여자가 할 수 있는 일이라곤 그것밖에 없었습니다. 여자의 눈 속에 오직 자신만 담길 수 있어서 남자는 행복했습니다. 비로소 남자는 온전히 그 여자에게 속하게 되었다고 믿었습니다. 하지만 여자의 눈 속에서 남자가 할 수 있는 일은 별로 없었습니다. 어느 날부턴가 남자는 자신이 갇혀버린 것이라고 생각하기 시작했습니다. 평생을 여자의 눈 속에서 그렇게 살 수는 없는 노릇이었습니다. 마침내 남자는 말했습니다. 이만큼 사랑했으니 됐다고. 이제 그만 네 갈 길 가라고. 팔이 없는 여자는 남자를 붙들 수 없었습니다. 다리가 없으니 어디에도 갈 수가 없었습니다. 할 수 있는 일이라곤 오직 눈물을 흘리는 것뿐. 남자가 말했습니다. 이별이란 원래가 슬픈 거라고. 그래도 사랑했던 기억만은 잊지 말라고. 사랑했던 기억의 힘으로 살아가는 거라고. 미안하다고. 그 말밖에 할 수가 없다고. 남자의 말은 물론 진심이었습니다. 그리고 최선이었습니다. 하지만 가장 중요한 그 진심을 가지고도 여자가 할 수 있는 일은 아무것도 없었습니다.

어머니의 유고를 정리하다가 그런 내용의 동화를 발견했습니다. 어쩌면 동화가 아닌지도 모르겠습니다. 하지만 내가 아는 어머니는 평생 동화만을 썼습니다. 그러니 그게 동화가 아니라면 무어라 불러야 맞는 걸까요. 사랑이 올 때마다 전심을 다해 그 사랑을 살아낸 어머니였습니다. 그것이 어머니의 삶 어디쯤 존재하는 이야기인 것인지 나는 짐작조차 할 수 없습니다. 어머니가 누구였는지도 가늠이 되질 않습니다. 완전한 허구라 해도 그렇습니다. 발표하지도 않을, 아무런 목적도 없는 그런 이야기가 어머니에게 왜 필요했던 것일까요.

명백히 눈앞에 보이나 붙잡을 수는 없는 저 설연처럼 내가 잘 알던 어머니는 죽고 나서 내가 전혀 모르는 사람이 되어버렸습니다. 나는 어머니를 보고도 못 봤던 것이었습니다. 그러니 내가 나만의 눈으로 뭔가를 본다는 것을 어떻게 믿을 수 있겠습니까. 모든 확신은 불신이 되기 위해 존재할 뿐입니다. 그래서 나는 아무런 확신이 들지 않는다면 언제든 사랑한다고 말할 수도 있었던 것입니다. 사랑이 없어야만 사랑할 수 있었던 것입니다. 습관처럼 사랑하고 습관처럼 이별했던 것입니다. 이미 폭설임에도 불구하고 습관처럼 언젠가 내릴지도 모를 첫눈을 기다리는 꼴이었습니다. 모르지는…… 않았습니다.

평소 산을 좋아했던 어머닌 생의 마지막에 이 산에 있었습니다. 좋아하는 것 때문에 그리됐으니 참 딱한 일일까요, 좋아하는 것 때문에 그렇게 될 수도 있었으니 다행한 일일까요. 어머니의 대답을 듣는다 해도 그건 어디까지나 어머니만의 대답에 지나지 않겠지요. 압니다. 준봉의 정수리에 착지하고도 금세 설연이 되어 흩어져버릴 수밖에 없는 이유가 어찌 어머니 때문이겠습니까. 언젠가는 눈 녹듯 사라질 수밖에 없는 필연을 감당하지 못해 서둘러 바람의 등에 올라탄 사람은 다름 아닌 나 자신입니다. 그것이 필연이라면 차라리 가장 먼저 사라지는 쪽이 되겠다며.

혹시 모르겠습니다. 만년설이라는 것을 보게 된다면. 혹시 모르겠습니다. 언제 내렸는지도 모를 눈이 그대로 영원이 되어버린 그 눈을 본다면. 확신을 불신하지 않아도 좋을 순간이 내게 올지도. 당신이 있다면…… 당신은 내게 그런 사람입니다.

박주영

소설 小說 小雪

# 박주영

2005년 동아일보 신춘문예로 등단했다. 퍼낸 책으로 장편소설 『백수생활백서』, 『냉장고에서 연애를 꺼내다』, 『무정부주의자들의 그림책』이 있다. 2006년 오늘의 작가상을 수상했다.

小說

   남자는 책을 읽고 있었다. 이번 출장은 비즈니스 클래스로 무료로 업그레이드된 덕분에 나았지만 짧게는 두 시간, 길게는 열 시간이 넘는 비행시간은 지옥 같았다. 처음에는 영화도 보고 신문도 보고 잡지도 보고 음악도 듣고 잠도 자고 일도 했다. 그래도 착륙까지는 시간이 까마득하게 남아 있기 일쑤였다. 어느 날 공항 서점에서 책을 한 권 사서 비행기에서 읽었다. 소설이 끝나갈 무렵 비행기는 착륙했고 남자는 그날 밤 호텔에서 나머지를 읽었다. 그렇게 남자는 비행기를 탈 때마다 책을 읽게 되었다.

여자는 영화를 보고 있었다. 할리우드 오락영화였다. 여자는 떠나는 비행기에서도 영화를 보았었다. 그 영화는 지금 보고 있는 영화의 전편이었지만 그 때문에 속편을 본 것은 아니었다. 속편은 전편보다 재밌지도 않았고 아무래도 3편은 나오지 않을 것 같았다. 여자는 항상 비행기에서 아무 생각 없이도 시간이 가길 바라면서 영화를 봤다.

영화가 끝나자 여자는 시간을 확인했다. 도착할 때가 되지 않았을까. 여자는 좁고 작은 창밖을 보았다. 하늘은 어두웠고 아무것도 보이지 않았다. 그때 기장이 방송을 했다. 눈이 내려서 비행기가 착륙을 하지 못하고 선회하고 있다고, 경우에 따라선 도착 예정이 아닌 다른 공항으로 가게 될 것이라고 했다. 남자는 책을 내려놓았다. 비행기 안이 조금씩 소란스러워지고 있었다.

여자는 오늘 반드시 집으로 돌아가야 할 이유가 없었다. 여자의 세상에서 반드시 해야 할 건 아주 많거나 아무것도 없었다. 남자는 오늘 집으로 돌아가 내일 아침이면 출근을 해야 했다. 내일 출근하지 못한다면 곤란한 일이 생길 것이다. 하지만 남자보다 더 곤란해질 사람은 팀장이었다. 그러자 남자는 어찌 되든 상관없다는 생각이 들었다. 남자는 스튜어디스에게 위스키를 더 마실 수 있냐고 물었다. 그리고 다시 책을 읽었다.

여자는 더 이상 할 일이 없었다. 영화도 끝나버렸고, 비행기가 어디든 자신을 내려놓길 기다리는 것밖에. 좌석에 기대어 앞을 바라보았다. 통로를 가로질러 책이 한 권 보였다. 정확히는 어떤 남자의 손과 그 손에 들려진 책이.

비행기가 예정된 곳이 아닌 다른 공항에 착륙했다. 1년에 한 번 정도 비행기를 타는 여자에게 이런 일은 처음이었다. 이곳에도 눈이 내리고 있었지만 그들이 원래 도착해야 했던 곳만큼은 아니라고 했다. 비행기가 착륙해서 공항을 서서히 돌고 있었다. 창밖으로 눈이 조금씩 내리고 있을 뿐이었다. 한 달에 한 번 이상 해외 출장을 가는 남자에게 비행기가 결항되는 일은 종종 있었지만 회항은 처음이었다. 남자는 생각했다. 운이 나쁘면 공항에서 몇 시간이고 기다리게 되겠지. 책이 더 필요했을까. 하지만 남자에게는 아직 남은 페이지들이 있었다.

사람들은 게이트를 빠져나오자 휴대폰을 들고 통화를 시작했다. 거기 정말 눈이 와? 지금 어딘데 여긴 눈도 조금밖에 안 오는데 비행기가 회항을 했어, 라는 이야기로 시작해서 무수한 이야기가 계속될 것이었다. 하지만 어느 것 하나 드라마틱할 것 없는 일상이었다. 그들은 모두 하늘에서 내려와 이미 지상에 발을 딛고 있었다. 이곳이 비록 그들이 예상했거나 이미 익숙한 곳이 아니라 할지라도 다를 게 없었다.

여자는 전화할 데가 없었다. 기다리는 사람도 없었고, 심지어 여자가 여행을 갔다는 것을 아는 사람도 없었다. 그러므로 지금 누군가에게 전화를 건다면 여행을 출발한 이야기부터 시작해야 할 것이다. 단편소설 분량의 이야기는 되겠지만 흥미로울 것 같지는 않았다. 무엇보다 여자 자신이 그랬다. 남자는 전화할 곳이 있었다. 우선 팀장. 팀장과 통화하기 시작하면 일 이야기를 계속하게 될 게 뻔했으며 휴대폰은 쉴 새 없이 울리게 될 것이다. 남자는 그 시간을 조금이라도 늦추고 싶었다.

항공사는 승객들에게 공항에서 대기해줄 것을 부탁했다. 활주로 제설 작업을 하고 있으며 미끄럼 측정을 한 뒤 이륙과 착륙 여부를 판단할 예정이라고 했다. 눈이 계속 내리고 있어 결항과 지연은 계속될 것 같았다. 여자는 영원히 돌아가지 못해도 상관없을 것 같았다. 그리고 이곳에서 일어날지 모를 일들을 생각했다. 순백색의 눈 가운데 새까만 호기심의 눈동자가 반짝거렸다. 오늘 밤 여기서 무슨 일이 일어날지도 모른다. 여자가 바라는 건 자신에게 무슨 일이 일어나는 것일까. 다른 사람에게 무슨 일이 일어나는 것일까.

여자는 비행기에서 보았던, 책을 읽던 남자를 보았다. 남자는 창가 자리를 찾아 앉았다. 당황해서 짜증을 내거나 체념해서 늘어진 사람들과는 다르게 남자는 차분해 보였다. 남자는 책을 읽었고, 여자는 남자를 읽었다.

책을 다 읽은 남자는 기지개를 켠 후 일어났다. 항공사 측에서는 아직 특별한 조치를 취하지 않고 있었다. 비행기가 다시 뜰 수 있을지, 아니면 다른 방법이 있을지 알 수 없었다. 눈은 점점 더 많이 오고 있었다. 이런 기세로 눈이 내린다면 내일 출근길은 지옥이 될 것이다. 남자가 할 수 있는 일은 아무것도 없었고 해야 할 일은 많았다. 하지만 여기 이곳에서 아직은 자유였다.

남자가 손을 뻗어 위스키 병을 잡는 순간 동시에 여자가 손을 뻗었고 손이 부딪쳤다. 남자가 먼저 하라고 손을 내밀었고 여자는 괜찮다고 손을 저었다. 남자는 다시 괜찮다는 표시로 뒤로 살짝 물러섰다. 남자와 여자는 위스키 잔을 들고 서로에게 미소를 지었다. 남자는 다시 자리로 와 앉았다. 여자의 자리는 남자의 옆의 옆의 옆이었지만 중간 두 자리는 비어 있었다. 두 사람은 창밖을 바라보면서 위스키를 마셨다. 남자의 잔이 비었다. 남자는 일어나면서 여자 쪽을 보았다. 여자는 마지막 모금을 마시고 잔을 내려놓는 참이었다.

— 한 잔 더 하실 건가요?

남자가 물었다. 여자가 고개를 끄덕였다. 남자는 두 잔의 위스키를 가지고 자리로 와서 한 잔을 여자에게 건네고 자기 자리에 앉아 다시 위스키를 마셨다. 남자의 잔이 또 비었다. 그리고 이번에는 여자가 남자에게 위스키를 건네며 남자의 옆자리에 앉았다. 눈 내리는 어두운 창으로 라운지의 모습이 거울처럼 비쳤다. 사람들은 저마다의 방법으로 시간을 견디고 있었다.

—소설 읽으시던데……

여자가 말했다. 날씨 이야기로 시작해서 피상적인 몇 가지 이야기가 두서없이 오고 가고 있는 와중이었다.

—아, 네.

남자는 생각했다. 뭘 더 말해야 하는 건가. 여자는 남자를 계속 보고 있었다. 남자는 소설에 대해 이야기해본 적이 없었다. 남자가 사람들과 나누는 이런 종류의 이야기는 대개는 주말 버라이어티쇼나 국민 드라마, 박스오피스 1위 영화에 대한 것이었다. 남자는 그 대부분을 제대로 본 적이 없었지만 정보가 난무하는 까닭에 이야기에 슬쩍 끼는 정도는 아무것도 아니었다.

—좋아하는 소설가예요.

남자는 일단 그렇게 대답했다.

—어떤 점에서요?

여자는 집요했다.

—읽어보시면 아실 거예요.

여자는 남자가 자신이 그 소설을 읽지 않았을 거라고 지레짐작하고 있음을 알았다. 세상에는 읽지 않은 책에 대해 말하는 법이란 책도 있다지만 책을 읽은 사람이 책을 읽지 않은 사람과 대화하기란 어렵다. 그건 대화가 아니라 연설이 되기 십상이다.

―사실은 그 소설가 제가 아는 사람이에요.

―그래요? 그럼 이 소설을 읽었겠네요.

―뭐 그렇다고 할 수도 있죠. 어떤 면에서는 그 책 저 때문에 이 세상에 있다고 할 수 있어요.

남자는 여자가 무슨 이야기를 하는 건가 하고 생각했다. 소설을 읽으면서 꼭 자기 이야기인 것 같다고 말하는 사람들이 있다는 걸 남자도 알고 있었다. 하지만 여자 이야기는 그게 아니었다. 이 소설이 그럼 이 여자의 이야기인가. 내가 지금 소설의 진짜 주인공을 만나고 있는 건가. 하지만 그것도 아니었다.

―고스트라이터란 얘기신가요?

남자가 말했다. 여자가 그 소설의 많은 부분을 자기가 썼다고 했기 때문이다.

―아니요. 고스트라이터랑은 다른 거예요.

여자가 말했다. 여자는 소설가가 시키는 대로 쓴다고 했다. 소설가가 이런저런 생각과 두서없는 문장이 적힌 메모들을 주고 지시를 하면 그대로 쓴다고 했다.

―영화를 감독의 예술이라고 하죠. 어떤 관객들에게는 배우의 것이기도 하겠죠. 하지만 그 영화를 찍기 위해 진짜 많은

사람들이 참여한다죠. 이를테면 소설가는 감독이고 주연배우예요. 그 나머지 것들은 내가 다 하는 거예요.

남자는 회사의 주요 프로젝트의 실무를 담당하고 있다. 하지만 그 프로젝트의 책임자는 팀장이다. 팀장은 결재만 할 뿐이다. 그런데도 성공은 팀장의 몫이었다. 그리고 한 달에 두세 번을 몇 시간씩 비행기를 타게 만드는 이 프로젝트도 팀장의 공이 될 것이다.

— 소설가가 사라졌으면 좋겠어요.

— 그러면 당신은 어떻게 되는데요?

— 소설가가 없으면 나는 아무것도 아니겠죠. 하지만 더는 이렇게 못 살겠어요. 소설가가 죽어버렸으면 좋겠어요. 그러면 나는 자유니까요.

남자는 자신을 출장 보낸 팀장을 생각했다. 팀장은 자신에게는 아이와 아내가 있으니 독신인 남자가 가는 것이 당연하다고 했다. 그러면서 남자에게 늘 결혼하지 말라고 말했다. 특별히 결혼이 간절한 사람은 아니지만 팀장이 그럴 때마다 반드시 결혼해야겠다는 생각이 들 정도였다. 단지 혼자인 네가 가는 게 당연하지, 라는 이야기를 듣기 싫어서라도.

— 무슨 대가를 치르더라도 그 자유를 얻고 싶으신 건가요?

— 네. 어떨 때는 정말 죽여버리고 싶다니까요.

―소설가가 죽으면 당신이 제일 먼저 의심받지 않을까요?

―아니요.

여자는 단호했다. 그럼에도 불구하고 죽이고 싶다는 뜻일까? 아니면 들키지 않을 수 있다는 뜻일까?

―소설가에게 나란 존재가 있다는 걸 아는 사람이 아무도 없어요.

여자는 남자의 소설책의 페이지를 뒤에서부터 넘기더니 작가의 말을 가리켰다. 도와준 사람들에게 감사한다는 이야기가 쓰여 있었다.

―이렇게 많은 사람들에게 감사하다면서 내 이름은 없어요. 이니셜조차도요. 나는 책상에 앉아 소설가가 던진 메모 조각들과 의미심장한 문장과 혼란스러운 구조 사이를 헤매면서 아무것도 못하는데. 소설가한테 나는 정말 아무것도 아닌 거예요.

여자는 정말 억울해 보였다. 얼굴은 상기되었고 억울함에 눈물이라도 터뜨릴 것 같았다. 남자는 여자의 흥분을 가라앉히려고 이것저것 묻기 시작했다. 남자는 소설가의 수입이 생각보다 적다는 데 놀랐다. 남자의 연봉과 비슷한 정도였다. 여자는 그런 소설가에게서 얼마를 받을 수 있을까. 돈 때문일지도 모른다는 생각이 들었다.

―내가 같은 소설을 몇 번씩 보는 줄 알아요? 당신이 처음

읽은 그 소설책의 경우 크게는 열 번 정도 고쳐 썼을 거예요. 그러느라고 백 번은 읽었을 거예요. 소설가가 그 소설을 위해 처음 쓴 문장 같은 건 수천 번 수만 번은 읽었을 거예요.

남자는 그 소설을 수없이 읽고 고쳤다는 여자의 말을 믿을 수 있을 것도 같았다. 조금 전에 책을 읽은 남자보다 여자는 생생하게 모든 것을 알고 있었다. 소설 하나가 뇌에 새겨진 것 같았다.

— 제일 지독한 게 뭔 줄 아세요?

남자는 가만히 있었다. 어차피 알 수도 없었지만 여자가 남자의 대답을 원하는 것 같지도 않았다.

— 모르겠대요. 더 이상은 어떻게 해야 할지. 도대체 나더러 어떡하라는 거예요. 그럴 때는 정말 죽어버리고 싶다니까요.

여자는 지금 처음으로 고백을 하고 있는 것일지도 모른다. 소설가의 입장에서 보면 여자는 세상에 절대 알려져서는 안 되는 존재였다. 남자는 너무 흥분한 여자를 진정시키고 싶었지만 방법이 없었다. 소설가를 죽이는 것밖에는.

— 저는 죽음을 직업으로 하고 있습니다.

물론 남자의 말은 농담이었다. 남자는 여자가 웃으면서 호흡이라도 가다듬길 바랐다.

— 그러니까 킬러?

여자는 목소리를 낮추었다. 속삭임에 가까웠다.

―비슷하지만 정확히 그건 아닙니다.

남자는 킬러는 너무 비현실적인 단어라고 생각했다. 그것보다는 현실적인 작업에 대해 설명했다. 누군가를 죽이고 타살이 아니라 자연사나 사고사로 위장하는 일을 한다고. 이런 이야기를 누가 믿을까. 사실은 믿지 않아도 상관없었다.

―저 좀 도와주세요. 더 이상 이렇게 살고 싶지 않아요. 소설가가 살아 있는 한 나는 계속 써야 해요.

―왜 그래야 하죠? 그만둘 수도 있잖아요?

남자는 호텔 방에서 썼던 사표를 생각했다. 이 프로젝트를 성공시킨다고 남자의 이름이 새겨지는 것도 아니고, 영원히 기억되는 것도 아니다. 그럼에도 남자는 일할 때는 정말 일만 한다. 하지만 일중독은 아니다. 일중독이라고 하기에는 얻는 것이 너무 초라하다. 남는 것이 아무것도 없다.

―기다리는 사람들이 있어요.

여자가 말했다. 남자는 여자를 바라보았다.

―소설을 기다리는 사람들이 있어요.

남자는 그게 당신이랑 무슨 상관이냐고 순간적으로 치밀어오르는 걸 꾹 눌렀다. 당신 이름으로 책이 나오는 것도 아니고, 책에 당신이 나오는 것도 아니고, 책 어디서도 감사하다는 말조차 듣지 못하면서. 그리고 그게 남자 자신과 무슨 상관이 있어서 이렇게 화가 나는 걸까.

─나는 알아요. 내가 첫 번째 독자니까요. 어쨌든.

그렇게 말하며 여자는 남자의 소설책을 바라보았다.

그리하여 상상은 날개를 펴기 시작했다. 남자의 입에서 술술 살인 계획이 흘러나왔다. 누군가를 죽이고 무사히 살아남는 법. 때로는 알 수 없는 우울이, 때로는 정확히 누군가를 겨냥한 적의가, 때로는 그 누구라도 상관없는 분노가, 살인이 되어 이야기가 되었다.

여자는 남자를 바라보았다. 너무 많아서 어느 것을 선택하면 좋을지 모를 아이디어들이 쏟아지는 입술을, 그리고 반짝반짝 빛나는 눈을. 이토록 눈을 반짝이며 열중하던, 열망하던 순간이 있었던가. 여자는 그때를 생각했다.

─소설가의 소설 메모 중 하나를 유서로 만들 수 있을 거예요. 문은 잠겨 있을 거고……

─밀실이 되겠군요……

남자와 여자는 호흡이 척척 맞았다. 어느새 소설가의 완벽한 죽음이 완성되어가고 있었다. 소설이나 영화에서는 완전범죄가 결국 실패로 끝나지만 세상에는 완전범죄가 있을 것이다. 알려지지 않았으니 알 수 없을 뿐. 그래서 아무도 쓸 수 없었을 뿐.

小雪

―그래서 지금 소설가가 살해됐다는 겁니까?

형사는 남자에게 한 걸음 물러섰다. 양복을 말끔하게 차려입은 남자가 의논할 게 있다고 찾아왔다. 다른 형사들은 이미 퇴근을 했고, 신참은 밀린 보고서를 쓰고 있었다. 형사는 남자에게 무슨 일로 왔느냐고 물었다. 남자는 경찰서 어디선가 길을 잃은 게 틀림없었다. 여기는 형사과에 속하긴 했지만 종결 사건을 한 번 더 검토하고 미결 사건을 점검하고 업데이트하는 팀이었다. 건강이 좋지 않거나 안정이 필요한 형사들이 근무했다. 일종의 안식년에 가까웠다. 강력계에서 오래 몸담은 형사는 이 팀의 팀장이었다.

―그러니까 지금 무슨 이야기를 하고 있는 줄 알기는 하는 겁니까?

형사는 남자에게 한 걸음 다가갔다.

―네. 소설가는 자살이 아니라 살해당했을지도 모릅니다.

남자가 소설가의 부고 기사를 본 것은 한 달 전이었다. 소설가의 죽음은 인터넷 포털 사이트 뉴스 메인을 한 차례 차지하고 내려갈 만큼의 화제였을 뿐이었다. 그리고 그 한 차례의 순간 잠시 한가했던 남자는 그 기사를 보았다. 소설가의 다음 소설이

나와 읽을 때까지 남자는 소설가에게 관심을 가질 일이 없었을 것이다. 소설가의 다음 소설은 메인을 한 차례 차지하는 일도 없을 테지만 소설가가 죽어 다음 소설이라는 것이 없어졌으니 그 죽음을 아는 일은 아주아주 오랜 후의 일이거나 남자가 죽을 때까지 일어나지 않을 일이 될 수도 있었다. 어쨌든 남자는 소설가의 죽음을 알게 되었고 고민 끝에 여기까지 오게 되었다.

— 당신의 기획대로 소설가가 살해당했다면 당신도 죄가 있다는 건 알고 있습니까?

— 진짜 그럴 줄은 몰랐습니다. 그러니까 나는 그냥, 심심해서……

— 재미로 사람을 죽일 생각을 해요?

— 죽일 생각을 한 게 아니라 죽이는 이야기를 했을 뿐이에요.

— 그게 무슨 차이가 있습니까? 당신 말대로라면 당신은 사람 죽이는 소설이나 영화에 대해 이야기를 한 게 아니잖아요? 실제로 살아 있는 사람을 죽이는 것에 대해 이야기한 거잖아요.

— 저는 정말 꿈에도 실제로 그런 일이 일어날 거라고 생각 안 했습니다. 그리고 내가 말한 살인 기획 같은 건 온전히 내 것도 아닙니다. 내가 소설에서 본 것들을 이야기한 것뿐입니다.

— 그런 살인 기획이 어느 소설에 나옵니까?

— 똑같은 건 아니지만 모티브는……

형사는 남자가 이야기하는 소설을 하나도 알지 못했다. 사실 형사는 지금 둘 사이의 대화의 주인공인 소설가도 알지 못했다. 종결 사건으로 파일 처리되었다면 팀장인 자신이 확인을 했을 것이다. 그런데도 특별한 인상을 남기지는 못했다는 건 의심의 여지가 없었다는 뜻이다. 어쩌면 아직 처리되지 못하고 지금 신참이 쓰고 있는 저 보고서들 가운데 있을지도 모른다.

— 전부 내가 기획한 것도 아니에요. 디테일은 다 그 여자가 했습니다.

— 그러니까 당신이 죽인 것도 아니고. 당신이 죽이라고 한 것도 아니고. 그런데 왜 여기 온 겁니까?

— 소설가가 정말 살해당했다면 어떡합니까?

— 지금 진실이 알고 싶다는 겁니까?

은퇴가 고작 1년 남은 형사가 자수하는 살인자가 처음일 리 없었다. 그런데 남자는 좀 달랐다. 남자는 지금 자수를 하고 있는 것도 아니었다. 그렇다고 실수였다고 말하고 있는 것도 아니었다. 정말 남자는 왜 온 것일까. 혹 자신의 이야기가 실현되었는지 궁금한 것은 아닐까. 그 호기심은 어느 정도일까.

— 소설가가 살해당했다 치고, 범인인 여자는 어떻게 잡으면 되는 겁니까? 당신 말대로라면 소설가 말고는 아무도 그 여자의 존재를 모르고, 소설가는 죽었으니 말입니다.

―지금 제 이야기를 믿지 못하시는 겁니까?

형사는 생각했다. 살인을 기획한다는 당신 이야기를 믿고 살인을 한 여자가 있다는 걸 어떻게 믿으라고. 하지만 남자의 살인 기획이 완전범죄라는 건 인정할 만했다. 기획자가 제 발로 걸어와 자수하지만 않는다면 말이다.

―살인자를 잡을 수 있도록 할 수 있는 사람이 당신밖에 없습니다. 그건 알고 계시죠?

형사는 남자가 어떻게 나올지 궁금했다. 남자는 이미 여자의 이름도 나이도 연락처도 모른다고 이야기했다. 그런 여자를 무슨 수로 찾아서 살인을 추궁할 것인가. 자살로 알려진 사건을 다시 파볼 근거는 없었다.

―첫눈이 오는 날 여자를 만나기로 했습니다. 그러니까 내 말이 진짜라는 걸 증명할 수도 있습니다.

남자는 자신이 무슨 짓을 하고 있는지 몰랐다. 그때 어쩌다 대화가 열기를 띠고 두 사람은 순식간에 가까워졌지만 이미 해버린 거짓말을 당장 거짓이라고 고백할 수는 없었다. 1년 후쯤이면 웃으면서 이야기할 수 있을지도 모른다고 생각했다. 이 모든 거짓말을, 그리고 그 가운데 남은 진심을. 남자가 충동적으로 첫눈 오는 날 만나자고 얘기했을 때 여자는 망설이지 않고 그러자고 했다. 그때 남자는 1년 후에 여자를 만나는 순간을 그림처럼 그려볼 수 있었다. 그때는 그랬는데 지금 여기서 무얼 하고 있는 것인가. 남자는 자신이 무슨 짓을 하고 있는지 알았다.

─저 남자가 말한 소설가 알아?

형사가 어둠 속으로 걸어 나가는 남자를 보면서 신참에게 물었다.

─네.

─나보다 낫구나.

─신문에 가끔 나더라구요.

─그럼 소설은 안 읽어봤고?

─요즘 건 모르죠. 형사가 소설 읽을 시간이 어디 있어요?

형사는 생각했다. 얼마 전 신문에 유명 인사들이 읽는 책 목록이 났었다. 그 유명 인사들이 읽는 책 목록에 소설은 딱 한 권뿐이었다. 중요한 일을 하는 유명한 사람들은 소설을 읽지 않았다. 그리고 유명 인사에 소설가는 한 명도 포함되지 않았다. 형사는 은퇴하면 소설을 읽게 될지도 모른다. 아내도 자식도 없는 집에서 혼자서. 어쩐지 어울릴 것 같았다.

─보고서 쓸까요?

신참이 물었다.

─우리 일도 아닌데 무슨 보고서? 그리고, 보면 몰라. 미친 거야.

─그렇게 보이지는 않던데요. 그러니까 미친 사람처럼 보이지는 않았잖아요.

─스트레스가 쌓여서 미칠 거 같은 거 아니겠어.

─그런데 왜 다 듣고 계셨어요?

─오늘 더 이상 할 일도 없었잖아. 그만 나가자.

─저는 보고서 쓸 게 남았는데요.

─오늘 안 쓴다고 죽냐?

─팀장님이 죽인다면서요.

─안 죽일게. 그만 나가서 소주나 한잔씩 하고 집에 들어가자자니까. 날도 추운데. 눈 온다는 얘기는 없었어? 눈 오면 우리 바빠진다.

─왜요?

─아까 그 남자가 살인자를 잡아서 데려올 거잖아.

─진짜요?

─그럴 리가 있어. 스트레스로 미쳐 또 찾아오지나 말았으면 좋겠다. 킬러, 살인 기획, 진짜 소설 쓰는 줄 알았네.

형사와 신참은 소주를 한 병 더 시켰다. 한 잔씩만 하자던 말은 간단히 마시자는 얘기였지만 어쩐지 간단히 끝나지는 않을 것 같았다. 이 팀으로 소속이 결정되었을 때 신참은 팀장을 조심하라는 경고를 받았다. 강력계를 두루 거친 후 은퇴를 앞두고 한직에 배속된 팀장이 매우 날카로울 것이라고 했으나 사실 그동안 겪어본 팀장은 그렇지도 않았다. 일의 성격에 따라 사람이 바뀌는 건가. 경찰로서의 특별한 사명이나 운명은 단 한 번도 느껴본 적 없이 나쁘지 않은 직업이라는 이유로 경찰학교를 거쳐 경찰이 된 자신과 형사가 될 운명이었다고 자타가 공인하는 팀장은 어떻게 다른 걸까. 이렇게 마주 앉아 소주잔을 기울이고 있으며 세대차 외에는 느낄 수 없었다.

─두 사람 잤을까, 안 잤을까?

형사가 신참에게 물었다. 뜬금없는 이야기였지만 아까 찾아온 남자를 말하는 것이라는 걸 신참은 알았다. 팀장은 아까부터 수첩을 만지작거리고 있었다. 그 수첩은 팀장이 수사를 할 때 쓰는 것으로 그들 사이에서는 아주 유명했다. 거기에 사건의 모든 것이 있지만 팀장 본인 외에는 완전한 해석이 불가능하다는 전설이 있었다. 팀장은 오랫동안 그 수첩에 쓸 만한 것이 없었을 것이다.

─그런 이야기는 없었잖아요.

미치기 일보 직전의 남자라고 딱 잘라 말할 때는 언제고, 팀장은 여전히 그 남자를 놓지 못하고 있었다.

―아니면 뭐하러 만날 약속을 해?

―그런 가요?

―게다가 뭘 믿고 비밀을 털어놓아?

―무슨 비밀요?

―사람 죽이고 싶다는 이야기 말이야.

―눈 속에 갇혀서 오도 가도 못하고 심심하고 무료하니까 그럴 수도 있죠.

―그렇다고 사람 이렇게 죽이고 저렇게 죽이는 이야기를 해?

―그럴 수도 있죠. 그런 놈들 있잖아요.

―우리 말이냐?

―네?

―우리도 그런 이야기 하잖아.

―우린 그게 일이잖아요. 그리고 우리는 일어난 일만 이야기하잖아요.

―그럼 우리 앞으로 일어날 일 이야기해볼까? 두 사람 만날 수 있을까, 없을까?

첫눈에 사랑에 빠지는 것은 세상의 수많은 이야기에 등장한다. 하지만 신참은 팀장한테 그런 이야기를 듣는 건 낯설었다. 팀장은 말했다. 정말 소설가가 여자에게 살해당했다 치고 남자는 첫눈 오는 날 여자를 만난다면 다시 경찰서로 오지는 않을 것이다. 살인을 하고도 위험을 무릅 쓰고 남자를 만난다는 건 여자가 남자를 믿고 사랑하고 있다는 이야기이니까. 둘이 어디 멀리 가서 잘 살기를 바란다. 팀장은 형사답지 않게 이 완전범죄 이야기를 지지하고 있었다. 그러므로 결론적으로 팀장은 남자의 이야기를 믿지 않는 것이라고 신참은 생각했다.

 세상에는 가짜라서 믿는 이야기와 진짜라서 믿을 수 없는 이야기가 있다. 전자는 소설이고 후자는 사건이다. 신참은 사건에 대한 보고서를 읽고 쓰는 일을 한다. 보고서를 읽다가 조용해서 고개를 들어보니 팀장은 수첩을 들여다보고 있다. 며칠 전 첫눈이 왔다.
 ─팀장님, 제가 그 남자 만나봐도 됩니까?
 ─왜?
 ─죽이고 싶다는 생각까지는 죄가 아니죠. 하지만 그걸 실행하면 죄가 되죠. 어떤 사람은 그 생각만으로도 죄책감을 느끼고 어떤 사람은 죽음을 실행하고도 아무렇지도 않죠. 그 차이는 어디서 오는 걸까요?
 ─너도 슬슬 여길 떠나고 싶은 모양이지. 연습한다고 생각하고 해봐. 그럼 난 나간다. 그리고 이번 건 개인적으로 나한테 보고해라.

팀장은 수첩에 뭔가를 쓰더니 한 페이지를 쭉 찢어서 신참에게 건네며 말했다.

― 보고서 쓰라는 말씀입니까?

― 너는 왜 그렇게 쓰는 걸 좋아하니? 쓰지 말고 해보라고. 직접.

신참은 팀장이 건네준 메모를 보았다. 일단 남자의 연락처. 그리고 두서없으나 핵심적인 무언가. 알아볼 것도 같고 짐작해야 하는 것들이 있었다. 신참은 길게 심호흡을 했다.

― 여자를 만났습니까?

신참이 남자에게 물었다.

― 아니요.

― 여자를 만나면 정말 경찰서로 데리고 올 생각이었습니까?

― 저도 잘 모르겠습니다.

남자는 처음 만났을 때보다 지쳐 보였다. 처음 만났을 때 남자가 일종의 흥분 상태였다면 지금 남자는 무기력 상태였다.

― 그날 그 비행기에 소설가가 타고 있었습니다.

팀장의 메모에 따라 신참은 탑승객 명단을 확보했고, 거기서 뜻밖의 이름을 발견했다. 자살한 소설가였다.

― 당신이 만났던 여자가 누군지는 모르겠지만, 아니, 당신

이 정말 누군가를 만나긴 만났는지 어쨌는지조차도 모르겠지만, 그날 그 비행기에 자살한 소설가가 타고 있었다는 이야기를 하는 겁니다.

모든 의욕을 상실한 듯했던 남자의 눈이 갑자기 커졌다.

— 소설가 얼굴을 볼 수 있는 방법이 없을까요?

— 소설가 얼굴은 책에 나와 있잖아요.

— 그렇긴 하지만 그 사진은 언제 찍은 건지도 모르겠고, 흑백에 옆모습이고 고개까지 숙이고 있어서……

— 기억이라도 날 거 같아서 그러는 겁니까? 지금 그 얼굴을 알아본다고 뭐가 달라집니까?

인터뷰를 하지 않고 사진도 한 장만 쓰는 소설가의 최근 사진을 경찰이 갖고 있긴 했다. 사건 현장 사진과 부검을 위해 찍은 사진이었다. 그런 걸 보여주면 안 되지만 신참은 허락되지 않는 일을 하기로 했다. 남자가 어떻게 나올지 궁금했던 것이다.

— 괜찮으세요?

소설가의 죽음을 보던 남자의 얼굴이 캄캄해졌다. 신참은 생각했다. 역시나. 킬러고 살인이 어째. 시체 얼굴 사진 하나 보고는 표정이, 딱 죽겠는걸.

— 그러게 왜……

— 이 여자가 그 여자예요. 소설가가, 내가 첫눈 오는 날 만

나기로 한 그 여자예요.

  남자가 말했다. 물론, 신참은 믿을 수 없었다.


  小說 小雪

  소설가의 마지막 소설이 출간되었다. 소설 원고 파일이 담긴 이메일이 출판사에 도착한 것은 소설가가 죽은 지 3일 후였다. 예약 메일이었다. 소설가는 이메일에서 첫눈 오는 날 소설이 세상에 나왔으면 좋겠지만 현실적으로 어렵기도 하고 온 세상에 동시에 첫눈이 오는 것이 아니므로 절기상 첫눈이 온다고 전해지는 소설에 출간했으면 좋겠다고 했다. 소설은 베스트셀러가 될 조짐을 보이고 있었다. 성실하고 치밀한 작품 세계, 추리소설 기법의 도입, 작가 그 자신의 죽음을 그린 도발적인 내용. 기사와 광고의 제목은 이것이 진짜 유서이다, 였다.

  "앤 페레그린은 청소를 하듯 자살도 치밀하고 용의주도하게 한다." 실비아 플라스의 일기에서 인용한 문장이 책의 첫 페이지였다. 그리고 책의 마지막, 작가의 말은 단 한 줄이었다. "K에게 고마움을 전한다." 남자의 이름은 K로 시작했다. 그리고 소설가의 이름도 마찬가지였다.

김유진

눈 위의 발자국

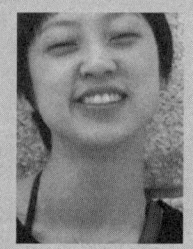

# 김유진

1981년 서울에서 태어났고 2004년 『문학동네』 신인상으로 등단했다. 펴낸 책으로 소설집 『늑대의 문장』이 있다.

미루는 발레 슈즈를 신었다. 발등을 가로지르는 고무 밴드를 잡아당겼다 놓자, 발과 함께 밀려 내려갔던 밴드가 제자리를 찾았다. 발볼 조절용 고무줄을 힘껏 잡아당겨 매듭을 지었다. 분홍색 발레 타이즈에 주름이 갔다. 미루는 발볼이 좁았다. 평편한 발등을 매만지다, 발끝에 잔뜩 힘을 줘 오므려보았다. 발등이 완만한 곡선을 그렸다. 탈의실엔 스무 개가량의 사물함과 대형 거울, 간이 의자, 벽걸이형 에어컨 한 대가 갖춰져 있었다. 미루는 벽 상단의 접착식 고리에 삐뚜름하게 걸려 있는 샘플용 천가방 아래 섰다. 발레 슈즈와 학원 이름이 프린트된 가방 옆에 적힌 글귀를 보았다. 12월 31일까지 세일합니다. 15,000원. 미루는 지난달에도, 지지난 달에도 그 문구를 보았었다. 12월은 본래 11월이었고, 그전에는 10월이었다. 10월의 할인가는 18,000원이었다. 미루는 검지를 들어, 기울어진 가방의 모서리를 가만히 밀어 올렸다. 탈의실은 창문이 없었다.

　미루 씨.
　레스토랑의 젊은 사장은 캐나다에서 나고 자랐다. 그는 한국어를 제법 유창하게 구사했으나, 영어로 생각한 후 한국어로 옮겨 말하는 버릇이 있었다. 그래서 사장의 한국어는 어색한 번역문 같았다. 그는 다부진 체격에, 칼처럼 세운 짧은 머리를 하고 있었다. 미루는 사장의 단단한 목덜미와 커다란 엉덩이를 마주할 때마다, 상대방을 어깨로 밀어붙이며 잔디밭을 가로지르는 미식축구 선수들을 떠올리곤 했다. 미루 씨, 서둘러주세요. 그의 말투는 내용과 상관없이 공손하고 나긋나긋했다.
　미루는 주방 다용도실 옆에 딸린 탈의실로 몸을 구겨 넣었다. 탈의실은 성인 한 명이 간신히 양팔을 뻗을 수 있을 정도의 크기였다. 두 개의 벽걸이에 나란히 걸린 유니폼 중 하나를 집어 들었다. 한 벌은 미루를 위한 것, 다른 한 벌은 오후 근무자를 위한 것이었다. 후자의 것은 미루의 것보다 한 치수가 컸다. 어깨에 주름이 잡힌 흰 블라우스, 폭이 좁은 검은 리본, 무릎을 덮는 검은색 H라인 스커트와 동색의 카디건. 미루는 비닐봉지에 넣어둔 검은 구두를 꺼냈다. 아르바이트를 위해 난생처음 신은 하이힐이었다. 며칠간은 발바닥이 타들어가는 것만 같았다.

미루 씨.

셔츠 깃을 정리하며 탈의실을 나서던 미루는 주방장과 마주쳤다. 주방장은 다용도실에서 꺼낸 피클통을 조리대 위에 올려놓고 있었다. 그는 미루의 이름을 부르는 것으로 인사를 대신했다. 주방장은 작년까지 제법 큰 호텔에서 근무했었다. 나도 어서 이런 레스토랑을 갖고 싶어요. 과도로 서양 무를 잘라 입에 넣으며, 앳된 얼굴로 말했었다. 레스토랑은 작고 아담했다. 한 명의 주방장, 주방 보조를 겸하는 사장, 오전 오후로 교대 근무를 서는 홀 서빙 담당자가 테이블 여덟 개짜리 이탈리안 식당을 꾸려나갔다. 미루는 조심스레 발을 떼었다. 주방 바닥은 물기가 마를 날이 없었다. 사방 2센티미터 크기의 도기 타일이 배수구를 중심으로 소용돌이 모양으로 깔려 있었다. 홀에서 테이블을 정리하던 사장이 미루를 불렀다. 사장의 낮은 목소리가 공중에서 흩어졌다. 아득히 들려오는 이름은 자신의 것 같기도 했고 아닌 것 같기도 했다. 그 낯선 이름을 지어준 사람은 어머니였다. 한글 이름이 유행하던 시절이었다. 미루는 넓고 밋밋한 들판을 뜻했다.

미루는 냅킨 비닐을 손톱으로 잡아 뜯었다. 레스토랑의 이름이 인쇄된 냅킨 한 묶음을 사장에게 건네며, 뜻도 모르는 그 이탈리아어를 작게 발음해보았다.

 미루는 구두를 벗었다. 내내 들려 있던 발뒤꿈치가 바닥에 닿자, 오랜 여정 끝에 고향 땅을 밟은 여행자라도 된 양, 아늑한 기분이 들었다. 발가락 열 개를 넓게 펼쳤다. 짓눌려 있던 새끼발가락이 붉게 부풀어 올랐다. 발바닥을 든든히 받쳐주는 고른 땅이 있었다. 구두를 고른 것은 미루의 어머니였다. 넌, 키도 작은 애가. 굽 낮은 메리제인 슈즈 주변을 기웃거리던 미루의 손을 잡아끌며, 어머니는 말했다. 미루는 긴 일자형 소파 위에 앉으며, 눈앞으로 불쑥 다가온 구두 한 짝을 받아 들었다. 뾰족한 앞코로 조명 불빛이 몰려들었다. 미루는 남자 직원이 나머지 한 짝을 가지러 간 사이, 신고 있던 스니커즈의 끈을 풀었다. 양말을 벗어 코트 주머니에 잽싸게 넣었다. 엄지발가락 부근이 닳아 보풀이 일어난 양말을 누구에게도 보여주고 싶지 않았다. 맨 발등에 찬 공기가 닿았다. 혹시 몰라서요. 직원이 나머지 구두 한 짝과 그보다 한 치수 작은 구두 박스를 옆구리에 끼고 달려오며 말했다. 그가 미루에게 샘플용 스타킹을 건넸다. 스친 손끝이 차디찼다. 미루는 커피색 발목 스타킹을 발가락에 끼워 넣었다. 자신의 발에 집중된 직원과 어머니의 시선이 느껴지자, 조급증이 났다. 아무 신발이나 고른 후 가능한 한 빨리 매장을 벗어나고 싶었다. 명치 부근이 답답했다. 미루는 거울 앞에 섰다. 통 넓은 카고바지에, 8센티미터짜리 에나멜 구두를 신은 자신이 그곳에 있었다. 어머니가 허리를 굽히더니 미루의 바짓단을 접어 올렸다. 구두가 안 보이잖니. 미루는 바짓단 아래 드러난 커피색 스타킹의 고무 밴드와 허연 발목의 초라한 경계를 바라보았다.

미루는 언젠가 인터넷 검색창에 자신의 이름을 입력해본 적이 있었다. 미루는 그때, 그 이름이 보다, 라는 뜻을 가진 일본어와 발음이 같다는 사실을 깨달았다. 보다. 미루는 그 의미가 마음에 들었다.

오늘은 오지 마, 엄마. 김치 있다니까. 가게에서 먹었지. 어. 친구들 오기로 했어. 어. 곧. 술 안 마실게요. 있어요. 돈 있다니까. 어, 엄마도.

미루는 입김이 서린 휴대폰 액정을 엄지로 대충 닦아냈다. 곱은 손가락의 마디 부분이 허옇게 일어나 있었다. 차고 메마른 바람이 불었다. 얼어붙은 보도블록은 단단하고 미끄러웠다. 스니커즈의 얇은 고무 밑창으로 찬 기운이 스며들었다. 엄지발가락이 아렸다. 가게에서 지하철역까지는 도보로 십오 분 정도가 걸렸다. 8차선 도로를 따라 대형 프랜차이즈 카페와 고가의 옷가게들이 길게 늘어서 있었다. 미세한 오르막길과 내리막길의 반복으로 이루어진, 끝이 보이지 않는 길의 마디에 자리 잡은 지하철역을 향해, 빠른 속도로 걸었다. 아르바이트가 아니라면 미루가 이 거리에 올 일은 없었다. 레스토랑은 집과 꽤 거리가 멀었지만, 시급이 높았다. 미루는 오른손에 들었던 비닐봉지를 왼손으로 옮겨 잡았다. 이내 봉지의 입구를 늘려 팔목에 끼우고, 코트 깊숙이 두 손을 찔러 넣었다. 금세 손이 화끈거렸다. 부풀어 올라 단단해진 손끝을 서로 부딪쳐보았다.

 가게를 나서기 직전, 주방장은 미루를 주방으로 불렀다. 집에 가서 드세요. 식어도 맛있어요. 그는 반으로 접은 은박지의 양 끝을 촘촘히 접어 올리며 속삭이듯 말했다. 주방장이 건넨 것은 주문이 잘못 들어간 디저트용 피자였다. 미루는 사과와 치즈, 계피만으로 맛을 낸 디저트용 피자를 그곳에서 처음 보았다.


 종오는 소파에 길게 몸을 누인 채 잠들어 있었다. 현관문을 열고 닫는 사이 찬바람이 들이치자, 종오가 부르르 몸을 떨며 새우처럼 둥글게 몸을 말았다. 두 팔을 다리 사이에 깊숙이 집어넣었다. 미간에 잠시 주름이 갔다. 갈아입을 옷을 챙겨 든 미루는 곧장 화장실 문을 열었다. 세면대에 뜨거운 물을 받았다. 거울 모서리부터 차오르기 시작한 더운 김이, 눈 밑에 그림자가 진 미루의 얼굴을 서서히 지워나갔다. 비누 거품을 내는 동안, 머릿속에선 오늘 하루 저지른 크고 작은 실수들이 하나하나 스쳐 지나갔다. 두 번이나 주문을 잘못 넣었다. 앞가슴 부근의 단추가 풀어진 것도 모른 채 두 테이블이나 받았다. 와인 메뉴는 아직 들여다볼 엄두조차 내지 못하고 있었다. 주방장이 챙겨준 피자 역시 미루의 실수에서 비롯된 것이었다. 미루는 오랜 시간 공들여 세수했다. 고르지 않은 피부 표면의 질감이 고스란히 느껴질 때까지, 꼼꼼히 비누칠을 했다. 미루는 첫 이 주일간 시급의 오십 퍼센트만을 받았다. 그 후 이 주일은 시급의 칠십 퍼센트를, 한 달이 지난 후에야 온전한 월급을 챙길 수 있었다.

화장실을 나서자, 앉은뱅이 탁자에 올려놓았던 피자를 한입 가득 베어 물고 있는 종오가 보였다. 얇게 부풀어 오른 도우 부스러기가 입가에 달라붙어 있었다. 이 피자, 내가 여태까지 먹어본 것 중 제일 맛있는 것 같아. 종오는 피자 가장자리를 크고 넓적한 앞니로 끊어 먹으며 말했다.

종오는 미루의 대학 동기였다. 3학년을 마치고 유럽으로 유학을 갔다. 스위스에서 1년, 프랑스에서 1년간 어학연수를 받앉다. 사립학교에 들어갔으나 졸업하지 못한 채 1년 만에 귀국했다. 건강상의 이유라고 했으나, 돌아온 종오는 그전보다 생기 있어 보였다. 그가 다녔다던 과는 미루가 난생처음 들어 보는 것이었다. 그는 3년이 지난 후에도 여전히 휴학생인 것에 큰 불만이 없는 듯했다. 미루는 몇 년간 옥탑방의 현관 번호 키를 바꾸지 않았다.

안개가 자욱했다. 미루는 먼 곳에서 지는 해의 어슴푸레한 그림자가 옥상 피뢰침 위로 내려앉는 것을 창문을 통하여 바라보았다. 날이 흐렸다. 조금만 덜 추웠다면 눈이 내렸을 것이었다. 미루는 문득 지난여름을 떠올렸다. 주인 할아버지가 가져다놓은 스티로폼 상자 위로 삐죽이 자라난 쪽파와 아기 손바닥만 한 상추들, 공중으로 솟구치던 고무호스의 굵은 물줄기와 유연하게 물을 피하며 주변을 맴돌던 배추흰나비를 생각했다.

미루 씨는 발목 힘이 너무 없어요.

발레를 시작한 이후로, 미루는 자신의 신체적 약점 몇 가지를 새롭게 깨달았다. 미루는 다른 사람들보다 발목이 약했다. 골반이 안쪽으로 심하게 말려 있어 발을 바깥쪽으로 벌릴 수 없었다. 발레리나의 180도 턴 아웃은 불가능해 보였다. 원생

중 가장 목이 굵었다. 미루의 방향 감각은 형편없었다.

  발레 교습소의 아침반엔 주로 주부들이 포진해 있었다. 아침 10시부터 11시 반까지. 미루는 3개월 과정인 초급반을 4개월째 다니고 있었다. 초급반을 3개월 안에 끝마치지 못했다고 해서 부끄러워할 필요는 없었다. 아침반엔 8개월째 초급반인 원생도 있었다. 아줌마 중에선, 미루의 운동신경이 그나마 나은 편이었다. 처음, 미루는 3개월분 수강료를 내며, 학원에 비치된 레오타드와 시폰 치마, 타이츠와 발레 슈즈를 한꺼번에 구매했다. 팬티 라인과 앞가슴, 등이 깊게 파인 레오타드는 벌거벗고 있는 것이나 다름없었다. 미루는 어깨끈을 이리저리 만지작거려보다, 결국 레오타드 위에 면 티셔츠를 걸치기로 했다. 가장 큰 이유는 레오타드 위로 적나라하게 드러나는 젖꼭지에 있었다. 가슴이 옷에 짓눌려 찌그러지는 바람에, 젖꼭지의 높이가 서로 달라 더욱 우스꽝스러워 보였다. 미루는 시폰 치마를 허리에 둘렀다. 옅은 분홍색 발레 타이츠는 짧은 다리를 더욱 짧고 굵어 보이게 했다.

  미루는 인터넷으로 집과 가장 가까운 발레 교습소를 찾았었다. 홈페이지에 뜬 시간표를 꼼꼼히 확인했다. 초급반부터 레벨 2까지, 총 세 단계로 반이 나뉘었다. 레벨 2는 천슈즈 대신 토슈즈를 신었다. 미루에게 토슈즈는 요원한 일이었다. 지난

3개월 동안 구경조차 하지 못했다. 초급반 발레 강사는 큰 키에 두상이 터무니없이 작았다. 나이를 가늠하기 어려운 용모였다. 길고 근육이 잘 잡힌 다리를 귀 뒤쪽까지 차올릴 때면, 미루는 주눅이 들어 뒤로 주춤주춤 물러나곤 했다. 미루는 월, 수, 금, 일주일에 세 번 수업을 들었다.

 너는 왜 집에서도 브래지어를 해? 갑갑하지 않아?
 탁자 위에 떨어진 피자 도우 부스러기를 손으로 쓸어 은박지에 담으며 종오가 말했다.
 거기 여자들은 집에서 아무도 브래지어 안 해.
 미루는 노트북 앞에 양반다리를 하고 앉았다. 고개를 돌려 종오를 힐긋 보았다.
 나도 너 없으면 안 해.
 어깨를 으쓱해 보이는 종오를 뒤로하고, 미루는 노트북 전원을 깊게 눌렀다.

 미루에게 레스토랑 일을 가르친 것은 오후 근무자인 은영이었다. 보기 드문 미인이었다. 인상이 서글서글했다. 초면에 미루 언니, 라고 불렀다. 미루는 예, 은영 씨, 라고 대답했다. 미루는 은영의 나이를 알지 못했다. 원래 종일 근무였는데 너무 힘들어서요. 제가 오빠한테 한 명 더 뽑자고 졸랐어요. 그녀는 혈연이든 아니든, 가깝든 서먹하든, 언니 오빠라고 부르는 데 주저함이 없었다. 미루가 은영의 친언니가 아니듯, 사장도 주방장도 그녀의 진짜 오빠는 아니었다.

출근 첫날, 미루는 조금 늦게 가게에 도착했다. 지름길을 찾으려 옆골목으로 들어선 게 잘못이었다. 붉은 벽돌로 외관을 장식한 레스토랑은 멀리서도 눈에 띄었다. 문패 아래 서 있는 은영을 발견하자마자, 미루는 허겁지겁 달리기 시작했다. 은영은 허리에 깊게 주름이 들어간 롱코트를 입고 있었다. 머리에 망을 씌워 올린 은영은 스튜어디스 같았다.

가게 문을 열자, 보안 경고음이 요란스레 울렸다. 은영은 큰 보폭으로 계산대를 향해 성큼성큼 걸어가, 보안 스위치를 껐다. 미루는 손바닥을 겉옷에 문질렀다. 예상치 못한 보안 경고음에 잔뜩 긴장한 탓이었다. 1분 안에 스위치를 끄지 않으면 보안업체 직원이 달려온다고, 은영은 미루에게 겁을 주었다. 미루는 입구에서 보안 스위치까지의 동선을 여러 차례 살폈다. 탈의실이 비좁았으므로, 은영이 먼저 옷을 갈아입었다. 미루는 가방에서 검은 비닐봉지를 꺼냈다. 날이 추워 구두 가죽이 단단히 굳어 있었다. 은영은 주방장이 출근할 때까지 미루에게 테이블 세팅하는 법을 가르쳤다. 주방장이 출근한 이후엔, 단골 마트로 데려가 주인아줌마에게 인사를 시켰다. 잘 부탁해요. 은영이 미루를 대신해 말했다. 미루는 그녀가 샐러드용 야채를 차곡차곡 비닐봉지에 담는 모습을 지켜보았다. 은영은 지폐를 추리는 은행원 같았다. 은영은 비타민 몇 개를 들었다 놓았다. 신선한 것을 고르느라 정갈한 눈썹이 살짝 위로 치켜 올라갔다. 반듯한 이마가 맑았다. 장보기를 끝내자, 은영은 자연스럽게 미루의 손을 잡았다. 미루보다 한 마디 정도 더 긴 손가락은 가느다랗고 부드러웠다. 미루는 기회를 엿보아 자연스럽게 손을 놓고 싶었으나, 할 수 없었다. 유니폼과 어울리지 않는 야상 점퍼가 내내 신경 쓰였다. 맞잡은 손바닥에 땀이 차올랐다. 단단히 묶은 은영의 머리칼과 어린 새싹처럼 자라난 귀밑머리에 자꾸 눈길이 갔다. 푸르게 질린 뺨 한가운데 도드라진 실핏줄을, 잔뜩 곤두선 솜털을, 붉게 익은 은영의 동그란 코끝을, 미루는 조금씩 훔쳐보았다.

미루는 탈의실에 나란히 걸린 은영의 유니폼과 마주할 때면 그녀의 아름다운 용모와 몸에 밴 다정함을 자연스레 떠올리곤 했다. 미루는 때때로 질끈 묶었던 머리를 풀어 고쳐 묶거나 입술에 립글로스 따위를 덧바르기도 했다.

미루는 벽걸이 칠판과 씨름 중이었다. 나무 테두리를 두른 칠판의 상단에는 '오늘의 메뉴'라고 단정한 글씨체로 적혀 있었다. 점심 할인 세트였다. 세부 메뉴는 그날의 재료에 따라 유동적이어서, 매일 새롭게 적어 벽에 걸었다. 수프와 파스타, 샐러드와 커피가 한 세트였다. 파스타는 피자로도 바꿀 수 있었다. 분필로 쓰인 글자는 마무리가 거칠어, 손재주가 좋은 남자의 필체 같았다. 사장의 것인지도 몰랐다. 미루는 '단호박 크림수프'라는 글자를 여덟 번째 쓰고 있었다. 미루의 동글동글한 글씨체가 기존의 것과 영 겉도는 느낌이었다. 자신의 글씨는 어린아이가 쓴 것 같았다. 미루는 메이크업용 스펀지로 조심스레 자신의 글자를 지워나갔다. 치마 위에 분필가루가 쌓여, 눈이 온 듯했다. 미루는 상단에 적힌 단정한 글씨체를 흉내 내어 세부 메뉴를 적기 시작했다. 잦은 지우개질 때문에 '의'와 '뉴'의 밑동이 조금씩 지워지고 있었다. 미루는 조바심이 났다.

미루 씨, 못 써도 괜찮아요. 거기 은영이 글씨도 엉망이잖아요.

계산대를 지나치던 주방장이 웃음기 서린 목소리로 말했다. 미루는 잠에서 깨어난 듯 번쩍 고개를 들었다. 주방장의 동그란 뒤통수가 주방 기둥 너머로 사라지고 있었다. 미루는 그제야 자신의 엄지와 검지, 중지에 하얗게 번진 분필가루를 보았다. 치마가 엉망이 된 것을 뒤늦게 깨닫고는 불에 덴 듯 놀라 자리에서 벌떡 일어났다. 미루가 발을 동동 구르자, 주방에서 작게 웃음소리가 났다. 미루는 칠판에 쓰인 글씨를 가만히 바라보았다. 그것은 사장의 필체가 아니라 은영의 것이었다.

미루는 칠판에 쓰인 글자 모두를 깨끗이 지웠다. 칠판 위쪽 한가운데에, '오늘의 메뉴'부터 쓰기 시작했다. 미루의 글씨는 은영의 것보다 작고, 동그랗고, 부드러웠다.

미루의 근무는 오후 5시에 끝났다. 식당은 5시부터 한 시간가량 문을 닫고 저녁 준비에 들어갔다. 은영은 5시 30분에 출근했으므로, 미루는 교육이 끝난 이후 은영과 마주친 적이 없었다.

주방장이 물었다.

미루 씬 쉬는 날 뭐해요?

아무것도 안 해요. 잠자거나, 빨래하거나, 인터넷 하거나.

되게 여러 가지 하는데요. 저는 운동해요. 농구나 축구 같은 거.

친구가 많으신가 봐요.

네. 미루 씬 친구 없어요?

음, 조금 있어요.

미루는 잠시 고민한 뒤 대답했다.

아파트 현관문을 열자, 소파 위에 있던 개 한 마리가 용수철처럼 튀어 오르며 미루를 향해 달려들었다. 털이 새하얀 포메라니안 종이었다. 주위를 돌며 연방 짖어대는 개를, 미루는 양손으로 안아 들었다. 흥분이 가라앉지 않는 듯, 개는 바닥으로 뛰어내려 부엌 쪽으로 달려갔다. 달콤한 간장 냄새와 돼지고기 비린내가 코끝을 찔렀다. 미루의 어머니가 프라이팬을 든 채 거실로 나왔다. 그녀는 미루가 첫 월급으로 사준 트레이닝복을 입고 있었다. 마른 편이던 미루의 어머니는 재작년부터 서서히 살이 찌기 시작했다. 오른쪽 어깨로 왔던 오십견이 왼쪽 어깨로 옮아갔다고 했다. 무릎도 예전 같지 않았다. 내내 좌탁을 고집하다, 얼마 전엔 입식 탁자를 들였다. 앉고 서는 것이 고통스럽기 때문이라고, 어머니는 말했다. 미루는 어머니가 자리를 비운 사이, 프라이팬의 열기에 서서히 녹아가는 양파 조각을 집어 간을 보았다. 밍밍하고 달기만 했다. 미루는 찬장에서 재빨리 간장을 꺼내 불고기 위에 끼얹은 후, 제자리에 올려두었다. 미루의 어머니는 나이가 들면서 차츰 후각 기능이 떨어졌는데, 미각도 함께 둔감해지는 모양이었다. 포메라니안은 어머니의 뒤를 졸졸 쫓아다녔다. 어머니가 시야에서 사라지면 불안해 안절부절못했다. 개는, 미루의 생일 선물이었다. 형제가 없는 미루를 위해 어머니가 들인 것이었으나, 지금은 미루 대신 자식 노릇을 하고 있었다. 어머니는 때때로 개를 향해, 미루야, 라고 불렀다. 어머니는 베란다에 내어놓았던 갓김치와 깍두기가 든 밀폐 용기를 들고 나타났다. 양팔이 부들부들 떨렸다. 어머니의 몸은 천천히, 시간을 두고 쇠락해가고 있었다. 개는 올해로 열 살이 되었다.

옥상의 대형 화분들은 얼어 죽은 듯 보였다. 메마른 모래 부스러기가 얼어붙은 흙더미 위를 떠돌았다. 화분은 크고 흉물스러웠다. 꽃과 잎과 색이 사라진 나무줄기는 본래 그 종이 무엇이었는지 가늠하기 어려웠다. 나뭇가지가 피뢰침 모양의 그림자를 만들었다. 바람에 날린 비닐봉지가 열매인 듯 매달려 있었다.

미루 씨, 턴 아웃. 미루 씨, 팔꿈치 들어야죠. 팔목이 꺾이면 안 돼요. 어깨 낮추고, 갈비뼈 닫고, 배에 힘주고. 척추를 뽑아 올리듯이. 미루 씨, 꼬리뼈. 미루 씨, 엉덩이 집어넣어요. 뒷목 세워야죠, 미루 씨. 무릎에 힘, 힘을 주세요. 미루 씨, 미루 씨……

미루는 차라리 바닥에 주저앉고 싶었다. 오늘은 아무래도 몸에 힘이 실리지 않았다. 미루에게 풀업(Full-up) 자세는 버티기에 가까웠다. 몸이 자연스레 나아가는 방향과 정반대로 뒤틀고, 들어 올리고, 지속하기 위해 이를 악물어야 했다. 끊임없이 몸을 달래고, 단련시키고, 익숙하게 만들어, 종국에는 무엇이 본래의 것이었는지 기억나지 않도록, 인위가 자연에 가까워지게 하는 것이 이 자세의 목적이라면 목적이었다. 미루는 갈지자로 교차하여 부들부들 떨리는 두 다리 사이를 꽉 조였다. 어깨는 낮고 넓게. 미루는 커다란 공을 껴안은 듯 팔을 둥글게 말고는 마음속으로 되뇌었다. 고개를 사십오 도 방향으로 틀자, 그곳에 창문이 있었다. 시선을 한곳에 고정하세요. 미루는 앞 건물의 누런 타일 벽돌 하나를 뚫어지게 바라보았다.

종오는 미루가 집을 비우는 낮에 주로 머무르며 일을 했다. 휴학 중인 종오는 번역 에이전시에서 받아 오는 일감으로 용돈을 충당하고 있었다. 아동용 도서나 장난감의 사용 설명서, 단순 노역에 가까운 드라마나 영화의 자막 제작도 마다하지 않았다. 에이전시는 의뢰비의 오십 퍼센트를 수수료로 떼어 갔다. 종오는 늘 그 사실을 불만스러워했다.

내가 가방 사줄까?

미루가 양손에 든 김치통을 힘겹게 탁자 위에 올려놓는 것을 멀뚱히 바라보던 종오가 자신의 노트북을 배낭에 집어넣으며 말했다. 미루는 며칠 전 큰 건수를 따냈다며 아이처럼 좋아하던 종오의 모습이 떠올랐다. 종오는 미루의 자취방을 제 작업실인 양 마음대로 드나들었다.

왜?

어?

왜 네가 내 가방을 사줘?

그냥.

그냥?

응. 그냥.

발레 동작 수행에 필요한 기본적인 요소 중 하나는 균형을 잡는 일이었다. 한쪽 다리로 버티기 위해, 발끝으로 서기 위해, 혹은 공중으로 도약하거나 회전하기 위해, 몸은 신속하게 무게중심을 바꾸어야 했다. 팔을 앞뒤, 위아래로 움직이거나, 시선을 오른쪽에서 왼쪽으로 이동하는 것 모두 세밀히 계산된 균형의 법칙을 따랐다. 무게중심을 빠르게 전환하기 위해 선행해야 하는 일은, 몸의 힘을 빼는 것이었다. 미루는 바를 움켜쥐고 있던 왼손의 힘을 풀었다. 누런 벽돌 위에 떠오른 종오의 멍한 얼굴을 가까스로 지워냈다.


미루 씨, 걸음을 좀 빨리했으면 좋겠어요. 손님보다도 느리잖아요.

오늘은 일진이 좋지 않았다. 테이블을 정리하다 도자기로 된 냅킨 홀더를 깨뜨린 것이 화근이었다. 제비꽃을 닮은 작고 섬세한 꽃문양에 금장을 두른 도자기 홀더는 언뜻 얇은 팔찌 같기도 했다. 손때가 묻은 것이었다. 닭고기를 다듬던 사장은 대수롭지 않다는 듯 어깨를 으쓱해 보였으나, 이내 다른 꼬투리를 잡아 화풀이했다. 미루는 잔뜩 긴장해 있었다. 쟁반을 든 손이 덜덜 떨려, 커피를 두 번이나 엎질렀다. 주문서를 세 번 연속으로 잘못 넣었을 땐, 완전히 전의를 상실한 상태였다. 미루는 퇴근 한 시간 전부터 빨리 집으로 돌아가고 싶어 안절부절못했다. 따듯한 물에 발을 담그고 싶었다. 온몸의 피로가 양쪽 발로 몰리는 것만 같았다. 짓눌린 새끼발가락이 불이 붙은 듯 화끈거렸다. 어서 하루를 마감하고 싶었다.

미루 씨, 여기요. 부은 다리를 만지작거리던 미루가 번쩍 고개를 들었다. 주방장이 파스타가 담긴 그릇을 바 위에 내려놓으려는 것이 보였다. 미루는 반사적으로 파스타 그릇을 두 손으로 받아 들었다. 주방장이 그릇을 쥔 채 미루를 바라보았다. 미루는 무슨 영문인지 몰라 주방장과 눈을 맞추었다. 주방장이 입술을 들썩였다. 겸연쩍은 듯 머뭇대다 조용히 입을 열었다. 미루 씨, 제가 그릇을 내려놓으면, 그때 가져가셔야죠. 미루는 얼굴이 화끈거렸다. 접시를 잡았던 두 손을 떼어냈다. 공중에 들린 양손이 어색하고 민망해, 등 뒤로 숨겼다. 사장의 한숨 소리가 보란 듯이 미루의 귓가를 울렸다.

은영이 한 시간 일찍 출근했다. 미루는 그것이 불행인 것 같기도 했고, 다행인 것 같기도 했다. 은영이 문을 열고 들어오자, 무거웠던 공기가 다소 가벼워지는 것이 느껴졌다. 미루는 조용히 사라질 생각이었다. 접어 올린 소매를 내리고, 앞치마의 매듭을 풀었다. 치마를 가볍게 털어보았다. 숨죽이고 있던 먼지들이 사방에 날렸다. 잔머리가 메마른 풀처럼 사방으로 삐져나와 있었다.

언니, 글씨 예뻐요.

문을 나서기 직전 가볍게 묵례를 하는 미루에게, 은영이 웃으며 말했다. 은영의 턱이 벽에 걸린 칠판을 살짝 가리켰다. 머리칼을 길게 늘어뜨린 은영은 전보다 성숙해 보였다. 바 위에 걸터앉은 은영의 두 다리가 공중에서 가볍게 앞뒤로 흔들렸다. 미루는 고개를 숙이며 목도리를 코끝까지 올렸다. 힐끔힐끔 자신을 쳐다보는 주방장의 시선이 느껴졌다. 미루는 마음속 깊이 부끄러움을 느꼈다. 무엇이 부끄러운 것인지는 알지 못했다.

미루는 언젠가 짧은 비디오 클립 하나를 보았다. 발끝으로 걷는 사람을 보았다. 공기를 품은 새의 뼈를 가진 듯, 눈에 보이지 않는 바람에 떠밀리듯, 어린아이가 부모의 힘센 팔에 의지해 공중으로 두둥실 떠오르듯, 물안개 위를 거닐 듯 춤을 추는 여자를 보았다. 여자에게는 전쟁터에 내몰린 약혼자가 있었다. 부재한 연인을 그리워하던 여자는, 꿈속에서야 비로소 연인과 조우한다. 여자는 꿈을 꾸는 듯, 혹은 꿈에서 깨어난 듯, 느리고 신중하게 발을 뗀다. 기쁨을 애써 감추며, 감추어지지 않는 충만함을 수줍게 드러내며, 때때로 시간이 멈춘 듯, 다가오는 사랑의 시험과 시련을 미처 깨닫지 못한 채, 깨달을 필요 없다는 듯, 두려움 없이 웃는 여자를 보았다. 보고, 또 보았다.

미루는 이마와 콧등에 잠시 닿았다 이내 사라지는 차가운 기운에, 고개를 들어보았다. 눈이었다. 눈이 내리고 있었다.

종오는 이미 집에 가고 없었다. 갑자기 허기가 졌다. 오늘 같은 날, 종오의 부재는 다행스럽기도 했고, 조금 쓸쓸하기도 했다. 미루는 외투를 입은 채 부엌으로 향했다. 가스레인지 위엔 종오가 먹고 남겨둔 파스타가 냄비에 담겨 있었다. 오랜 시간 홀로 객지 생활을 한 탓인지, 종오는 단출하게 먹는 것이 몸에 배어 있었다. 종오는 파스타를 삶아 물기를 덜어낸 후, 거기에 간기가 있는 버터를 한 덩이 넣어 비벼 먹는 것을 즐겼다. 이게 내가 먹어본 것 중 최고로 맛있는 파스탄데. 비위가 상한 듯 표정을 일그러뜨리는 미루를 향해, 종오는 보란 듯이 면발을 입안 가득 넣으며 말했었다. 종오는 가스레인지 위에 냄비를 올려둔 채로, 적진을 향해 돌진하는 군인처럼 맹렬히 파스타를 먹어치우곤 했다.

미루는 냄비를 들어 앉은뱅이 탁자로 가져갔다. 젓가락으로 한 가닥을 집어 입에 넣어보았다. 차가운 버터와 덜 익은 밀가루의 풋내가 입안을 채웠다. 별다른 맛은 없었지만, 짭짤한 버터향이 자꾸 젓가락을 끌어당겼다. 미루는 한입에 한 가닥씩, 천천히 씹어 삼켰다. 차게 먹으면 더 맛있어. 엄지손가락을 과장되게 들어 보이던 종오의 멍한 표정이 떠올랐다. 이내, 은박지에 싼 식은 피자를 내밀던 주방장의 어색한 얼굴이 겹쳐 보였다 사라졌다.

미루는 현관문을 열었다. 눈은 지난밤 내내 소란스럽지 않게 쌓여갔다. 동이 트자 서서히 물러났다. 쌓인 눈의 입자는 성글고 가벼웠다. 눈송이는 저마다의 숨구멍을 가진 것 같았다. 현관문에 밀려난 눈의 높이는 무릎에 이르렀다. 미루는 발꿈치를 들고 까치발을 해 보였다. 숨을 깊게 들이마시며, 가슴을 위로, 위로 끌어당겼다. 한 발씩 조심스레 내디뎠다. 눈 위에, 할 수 있는 한 가장 작은 발자국을 남겨보았다.